애인처럼 아담한 사이즈
밥 사랑하듯 책 사랑을!

포켓 스마트 북 ⑯

밤나무 울타리

울타리글벗문학회

도서출판 한글

실용적
포켓스마트 북 ⑮
밤나무 울타리

2025년 11월 25일 1판 1쇄 인쇄
2025년 11월 30일 1판 1쇄 발행
편   자 울타리글벗문학회

기획자문 최강일

편집고문 김소엽 이진호 김무정 최향섭 이용덕

편집위원 김흥성 이병희 최용학 심광일 김어영

발 행 인 심혁창
주   간 현의섭
교   열 송재덕
디 자 인 박성덕
인   쇄 김영배
관   리 정연웅
마 케 팅 정기영
펴 낸 곳 도서출판 한글
우편 07384
서울특별시 영등포구 신길로 41라길 13-9
☎ 02-363-0301 / FAX 362-8635
E-mail : simsazang@daum.net
창   업 1980. 2. 20.
이전신고 제2018-000182
* 파본은 교환해 드립니다.
* 정가 7,000원
* 국민은행(019-25-0007-151 도서출판한글 심혁창)
ISBN 978-89-7073-652-5(13810)

머리말

스마트 북 울타리

이 포켓 스마트 북 『울타리』는 정기 간행물이 아닌 휴대 간편한 포켓북입니다. '스마트 폰' 때문에 종이책을 멀리하는 분들에게 독서를 권장하는 메신저의 사명을 띠고 발행합니다.

대한민국 국민 모두를 울타리 안으로!

이 울타리가 친구간의 우정을 다지는 다리가 될 줄은 몰랐습니다.

최근에는 울타리 독자 가운데 이 책이 나올 때마다 구입하여 고향이나 동창 친구한테 보내주며 우정을 다지는 독자들이 날로 늘어나고 있습니다.

친구 간에 흔히 카톡 문자로 인사를 나누지만 형식적이 되고 마는 경우가 있습니다. 우편으로 보내주는 우정의 사절 '스마트 북 울타리'는 만나서 차나, 술대접하는 이상의 진지한 인간관계 유대에 도움이 되고 받아보는 친구가 기뻐하고 고마워하게 합니다.

친구 간에 편지를 주고받듯 마음을 나누는 우정의 다리가 되어주는 책이 바로 이 '스마트 북 울타리'입니다.

다 읽은 후 절친한 분한테 드리면 사랑이 됩니다.

이 책은 연간 4회 발행합니다. 정기 후원회원을 원하시는 분들이 있어서 연 3만원을 후원하시면 4회 발송해 드리기로 했습니다.
(신청 경우 성명 주소 전화를 판권을 보시고 이메일로 통고)

한국출판문화수호 지킴이

발행인 심혁창

‖ 차 례 ‖

피오레 독서모임

서철수

수필가.피오레독서모임리더

피오레 독서모임은 용인시 끝자락 신도시 제2동탄과 기흥IC 인근에 위치한 1300세대 아파트 주민 독서모임이다.

종편 M-TV에 특종세상이라는 프로그램이 있다. 매 편마다 각양각색의 특이한 인물들을 선정하여 그의 삶 밑바닥부터 적나라하게 파헤쳐 현재의 삶을 지지하고 앞으로의 꿈을 응원하고 있다. 시청자들에게 주는 감동과 교훈이 크다.

우리 독서모임을 소개하면 한편의 특종세상이나 마찬가지다. 출발부터가 특이하다. 우리 아파트 독서실 봉사자 몇몇이 뜻을 모아 시작한 것이다. 첫 출발은 리더

를 포함한 4명이었다. 지금까지 20여명이 거쳐 갔다. 현재는 12명이 한 가족처럼 모임을 가지고 있다.

우리 모임에는 중요한 모토(motto)가 있다. 부담 없이 만남이다. 약정된 틀도 없다. 전략도 계획도 없다. 그냥 주 1회 만남을 정해 놓은 것이 전부다. 책도 선택 없이 그저 자유롭게 자기가 읽는 책을 가지고 월 1회 토크(talk)하는 정도다.

리더는 매주 월요일 단톡방에 안부와 함께 책에 관한 정보를 띄울 뿐이다. 너무 자유로워 '이래도 되는 건가'하는 마음이 들 때도 있으나 '그래서 장점이고 좋다'는 중론이다.

우리 모임 시작이 어제 같은데 만 1년을 넘기고 있다. 특별활동을 꼽으라면 크게 내세울 것은 없지만 몇 가지가 있다.

첫째는 회원들 중에 절반 이상이 우리 아파트 도서실 봉사를 겸한다는 좀이다.

둘째는 아파트 도서실에서 주관한 어린이 독후감 글쓰기 대회(2회)에 심사위원으로 지원한 바 있고, 또한 독후감 상상화 그림그리기 대회에도 다수가 작품을 출연한 바 있다.

셋째는 야외 학습으로 경기도 '풀향기수목원' 방문시 우리 아파트 주민 다수를 초청하여 함께 즐거운 교제를 나눈 점이다.

넷째는 10월부터는 함께 읽는 책 12권을 도서실에 비치해 두고, 회원 모두가 월 1권씩 읽어 1년 동안 12권을 다 읽어 공유하는 것으로 추진하기로 한 점이다.

지금은 스마트 폰 시대에 이어 AI(인공지능)시대다. 책 읽는 사람이 더더욱 줄어들고 있다. 삶도 팍팍하다. 그러나 책을 좋아하는 사람들끼리 모인다는 것은 또 하나의 즐거움이 아닐까. 논어의 첫마디가 '학이시습지 불역열호(學而時習之 不亦說乎)'라고 했다. 책을 통해 세상을 통찰하고, 지혜를 얻고, 정보도 챙기고, 마음도 수련되어 이보다 더 좋은 게 어디 있으랴 싶다.

맛을 본 사람만이 그 맛을 안다. 특히 한 아파트 단지 내에서 독서 모임을 가질 수 있는 것은 서로가 서로에게 '행복바이러스 발광체'가 된다.

최근이다. 우리 모임에선 그냥 또 생각이 꿈틀거리고 부풀어져서, 우리 아파트 주민들 글을 낙엽 줍듯이 모아 금년 11월 중순에 책 한 권을 펴냈다. 제목은 『탑실마을에 핀 꽃』이다. 시, 수필, 디카시, 동화, 단상, 독후감(어린이) 등을 실었다.

사실인즉 우리 아파트는 국내에서 세 번째 손가락에 들 정도로 잘 지었고, 나지막한 야산을 끼고 있어 주변 환경이 수려하고, 단지 내 조경이 2등 가라면 서러운 정도로 독보적이다. 그 마을공동체에서 이젠 '글 꽃'을 피우는 것이다. 이 정도면 우리 아파트 독서모임도 역시 특종감이 아닐는지.

바라는 바가 있다면 아무쪼록 회원들의 안녕과 건강

이며, 또한 우리 모임이 인근 아파트에서도 벤치마킹하는 등 독서문화가 확산되었으면 한다.

책으로 만난 이웃, 책으로 마음을 모아, 아름다운 삶이 이루어지기를!

최일화

나는 살아오면서 많은 책을 읽었다. 그러나 책에서 얻은 대부분의 정보를 기억하지 못한다. 그렇다면, 그렇게 많은 책을 읽고 얻는 이득이 무엇인가?

어느 날 한 학생이 교수에게 같은 질문을 했다. 교수는 잠자코 있다가 그날은 대답을 하지 않았다. 며칠 후 학생과 교수는 강변에서 다시 만났다. 교수는 학생에게 구멍이 뚫린 항아리 하나를 보여주며 말했다.

"가서 이 항아리에 강물을 가득 떠오게."

구멍이 숭숭 뚫린 항아리에 물을 나른다는 것은 불가능해서 정말 쓸데없는 과제라는 생각에 학생은 혼란을 겪었다.

그러나 교수의 충고를 거역하지 않았다. 다시 텅 빈 항아리를 들고 강으로 달려갔다. 항아리에 물을 가득 채워 돌아오려고 했으나 멀리 가지 못했다. 몇 발자국 떼어놓자 물은 다 빠져나가 바닥을 적셨다. 몇 번을 시도했으나 실패하고 좌절을 느꼈다. 다시 교수에게 돌아와 말했다.

"실패했습니다. 이 항아리로는 물을 운반할 수 없습니다. 저는 불가능합니다. 용서해 주세요."

교수는 부드럽게 미소를 지으며 말했다.

"실패한 게 아닐세. 항아리를 보게. 지금 깨끗하지. 새 항아리처럼 보이지 않는가. 구멍으로 물이 빠져나갈 때마다 항아리의 오물들이 씻겨 나간 것이라네. 똑같은 일이 자네에게도 일어나는 것이네. 자네가 책 한 권을 읽을 때 자네 마음은 숭숭 구멍 뚫린 항아리와 같지. 책 속의 정보는 물과 같지.

책을 읽고 모든 것을 기억할 수는 없네. 그런데 모든 내용을 다 기억할 필요가 있나? 아닐세. 독서는 자네에게 아이디어를 제공하고 지식과 감정 그리고 자네 마음을 깨끗하게 해주는 정서와 진리를 제공하지.

책 한 권 읽을 때마다 자네는 정신적인 변화를 겪게 된다네. 새로운 사람으로 새로 태어나게 되지. 이것이 독서를 하는 주목적이라고 할 수 있네.”

(아래 영문의 번역글)
#bookreadingclub

최일화 선생님께 양해를 구합니다.
울타리의 발행 목적에 부합되는 좋은 글이라 여기에
올렸습니다. 선생님을 뵙고 도움을 받고 싶습니다.

뜻 깊은 우정

명심보감에 노요지마력(路遙知馬力)이요
일구견인심(日久見人心)이라 했다.
즉 말(馬)은 먼 길을 가봐야 힘을 알 수 있고, 사람은
오래 겪어 봐야 알 수 있다는 뜻.

노요(路遙)와 마력(馬力)은 좋은 친구였다.
노요의 부친은 부자였고, 마력의 아버지는 그 집 종
이었다. 비록 두 사람은 주종 관계였지만 사이가 좋아
같이 공부하고 놀곤 했는데 어느덧 두 사람은 장성하
여 결혼할 시기가 되었다.
노요는 재산과 세력이 있어 배필 얻는데 아무 걱정
이 없었으나 마력은 너무 빈곤하여 낙담하고 있던 차
에 색시감을 소개받았지만 예물을 구할 길이 없었다.
할 수 없이 마력은 같이 공부한 노요에게 도움을 요
청했다.
노요는 돈을 빌려 주는 대신에 신혼 방에서 자신이
마력 대신 신부와 3일 밤을 지내게 해달라고 하였다.
마력은 화가 나서 어쩔 줄 몰랐지만 다른 방법이 없

어 응락하고, 마침내 좋은 날을 택하여 결혼식을 올렸고 마력은 고통의 3일을 보냈다.

나흘째 되는 날, 날이 어두워지자 신혼방에 들었으나 너무나 고뇌에 차서 베개를 끌어안고 바로 자려 하였다. 그런데 신부가

"서방님, 어찌하여 처음 사흘은 밤새 앉아서 책만 보시더니 오늘은 홀로 주무시려 하십니까?"

마력은 그제야 노요가 한바탕 장난친 것을 알고 크게 기뻐하였다.

이후 마력은 친구에게 신세 진 것을 갚기 위해 밤을 낮 삼아 공부하여 마침내 도성에 올라가 과거에 급제하여 높은 관직에 올랐다.

한편 노요는 사람이 호탕하여 베풀기를 좋아하여 결국은 물려받은 재산을 다 탕진하고 궁핍한 지경에 이르렀다. 하루하루 연명하기가 힘들어지자 옛적에 도와준 친구 마력을 생각하고 부인과 의논한 후 도성으로 마력에게 도움을 청하러 갔다.

마력은 노요를 보고 크게 기뻐하며 한 잔, 또 한 잔을 권하며 노요가 사정을 설명하여도 듣는 척도 아니하였다. 며칠이 지나자 마력이

"노요 형, 형수님 기다리시니 집으로 가셔야지요?"

하며 노요를 집으로 돌려보냈다. 노요는 기가 막혔지만 어찌할 도리 없이 풀이 죽어 집으로 돌아갔다. 그런데 동네 입구에 들어서는데 자기 집 쪽에서 통곡 소리가 크게 나는 게 아닌가?

부랴부랴 집으로 가니 부인이 관 하나를 끌어안고 울고 있었다. 노요가 나타나자 가족들은 크게 놀라며 기뻐했다.

사정을 들어보니 마력이 사람을 시켜 관을 보내며 노요가 도성에서 급병을 얻어 약도 못 쓰고 죽었다고 전했다는 것이다.

웬일인가 하여 관을 열어보니 그 속에는 금은보화가 가득하였고 그 위에 편지 한 장이 있었다.

'노요 형이 우리 신혼 3일을 지켰으니, 나도 형수님을 한바탕 울려드렸소.'

이 얼마나 지혜롭고 아름다운 우정인가. 평생에 이런 친구 하나만 있으면 더 바랄 것이 없는 값진 인생이 아닌가!

세상에서 가장 아름다운 얼굴

평생을 일그러진 얼굴로 숨어 살다시피 한 아버지가 있었다. 그에게는 아들과 딸, 남매가 있었는데 심한 화상으로 자식들을 돌볼 수가 없어 아이들을 고아원에 맡겨 놓고 시골 외딴집에서 살았다.

자식들은 아버지가 자기들을 버렸다고 생각하고 아버지를 원망하고 자랐다. 그러던 어느 날 아버지라며 나타난 사람은 화상을 입어 얼굴이 흉하게 일그러져 있고 손가락은 붙거나 없는 모습이었다.

"저 사람이 나를 낳아준 아버지란 말이야?"

자식들은 충격을 받았고 차라리 고아라고 생각했던 시절이 더 좋았다며 아버지를 외면해 버렸다.

시간이 흘러 자식들은 성장하여 결혼을 하고 가정을 이루었지만 아버지는 여전히 사람들 앞에 모습을 나타내지 않았으며 혼자 외딴집에서 지냈다. 오랜 세월이 지난 뒤 자식들은 아버지가 돌아가셨다는 소식을 들었다.

그동안 왕래가 없었고 아버지를 인정하지 않고 살았던 자식들이라 아버지의 죽음 앞에서도 별다른 슬픔이 없었다. 하지만 자신들을 낳아준 아버지의 죽음까지 외면할 수 없어서 시골 외딴집으로 갔다. 외딴집에는 아버지의 차가운 주검이 기다리고 있었다. 마을 노인 한 분이 문상을 와서 아버지는 죽으면 화장은 싫다며 반드시 뒷산에 묻히기를 원했다고 일러 주었다.

아버지를 원망했던 자식들은, 아버지를 산에 묻으면 명절 때마다 찾아와야 하는 것이 번거롭고 귀찮다며 화장을 했다. 아버지를 화장하고 돌아온 자식들은 아버지의 유물을 모두 태우기 시작했다. 평소 덮었던 이불이랑 옷가지들을 비롯해 아버지의 흔적이 배어 있는 물건들을 몽땅 끌어다 불을 질렀다.

마지막으로 책을 끌어내어 불 속에 집어넣다가 '비망록'이라고 쓰인 빛바랜 아버지의 일기장을 발견했다.

불길이 일기장에 막 붙는 순간 왠지 이상한 생각이 들어 급히 꺼내어 불을 껐다. 그리곤 연기가 나는 일기장을 한 장 한 장 넘겨가며 읽었다. 아들은 일기장을 읽다가 그만 통곡을 했다.

기장 속에는 아버지가 보기 흉한 얼굴을 갖게 된 사연이 쓰여 있었다. 아버지의 얼굴을 그렇게 만든 것은 바로 자기들이었다.

'우리들 불장난 때문에⋯⋯.'

일기장은 죽은 아내와 아이들에게 쓰는 편지로 끝났다.

"여보! 내가 당신을 여보라고 부를 자격이 있는 놈인지조차 모르겠소. 그 날 당신을 업고 나오지 못한 나를 용서하구려! 울부짖는 어린 것들의 울음소리를 뒤로하고 당신만 업고 나올 수가 없었소. 여보! 하늘나라에서 잘 있지?"

그리고 이렇게 마무리했다.

"아버지로서 별로 해준 것은 없지만 아이들은 잘 자라서 한 일가를 이루었소. 내 당신 곁에 가면 다 이야기해 주리다. 이제 이승의 인연이 다한 것 같으오. 당신 곁으로 가면 날 너무 나무라지 말아주오."

그리고 자식들한테 남긴 말
보고 싶은 내 아들 딸에게
평생 너희들에게 아버지 역할도 제대로 못하고 이렇게 짐만 되는 삶을 살다가 가는구나! 염치 불구하고 한 가지 부탁이 있다.

내가 죽거들랑 절대로 화장은 하지 말아다오. 평생 밤마다 불에 타는 악몽에 시달리며 30년을 살았다. 그러니 제발 화장만은…….

　아버지의 진한 사랑을 알았지만 자식들은 후회하며 통곡했지만 아버지는 이미 화장되어 연기로 사라진 뒤였다. 옛말에

　수욕정이풍부지(樹欲靜而風不止)
　나무는 가만히 있고 싶지만 바람이 그치지 않고
　자욕양이친부대(子欲養而親不待)
　자식은 봉양하고 싶으나 부모는 기다려 주지 않는다.

　이 말이 남의 말이 아니다. 대부분 자식은 부모님이 죽지 않고 영원히 살 것으로 생각하다가 철이 들어 효도하려 하는 날 부모님은 세상을 떠난 후이다.

(감동적인 옮긴 글)

개미는 두 개의 위를 가지고 있다

이 지구상에서 가장 '사회적'인 생물은 개미라고 하는데 퓰리처상을 받은 책인 『개미 세계의 여행』을 보면 앞으로의 지구는 사람이 아니라 개미가 지배할 것이라는 다소 생뚱맞은 주장을 펼친다.

그 근거는 개미들의 희생정신과 분업능력이 인간보다 뛰어나기 때문이라는 것인데, 실제로 개미는 굶주린 동료를 절대 그냥 놔두는 법이 없다.

그 비결이 무엇일까?

개미는 위를 두 개나 가지고 있는데, 하나는 자신을 위한 '개인적인 위'고, 다른 하나는 '사회적인 위'로 굶주린 동료가 배고픔을 호소하면 두 번째 위에 비축해 두었던 양분을 토해내서 먹이는 것이다.

한문으로 개미 '의(蟻)'자는 벌레 '충(虫)'자에 의로울 '의(義)'자를 합한 것이다. 우리 인간의 위도 개미처럼 두 개라면 얼마나 좋을까? 그랬다면 인류는 굶주림의 고통을 모를 수도 있었겠지만 하느님께서는 우리 인간에게 딱 하나의 위만 주셨다.

그래서일까? 만물의 영장이라는 인간은 굶주림의 고

통이 닥쳐올 때 닭보다 더 무자비한 행위도 서슴지 않
곤 한다. 하지만, 그보다 더 놀라운 일은 위가 한 개
뿐인 인간들이 때로는 위를 두 개나 가진 개미들보다
더 이웃의 아픔을 자기 일처럼 감싸왔다는 사실이다.

1935년 어느 추운 겨울날, 뉴욕 빈민가의 법정을
맡고 있던 피오렐로 라과디아 판사 앞에 누더기 옷을
걸친 노파가 끌려 왔다.
빵 한 덩어리를 훔친 죄였다. 노파는 울면서 선처를
호소했지만 사위란 놈은 딸을 버리고 도망갔고, 딸은
아파 누워 있는데, 손녀들이 굶주리고 있었다.
하지만 빵 가게 주인은 비정해서 고소 취하를 권하
는 라과디아 판사의 청을 물리치고 '법대로 처리해 달
라'고 주장했었다. 어찌할 도리가 없어 한숨을 내쉬고
라과디아 재판장이 노파를 향해 이렇게 선고했다.
"할머니, 법에는 예외가 있을 수 없어요. 벌은 받아
야 합니다. 벌금 10달러를 내시거나 아니면 열흘간 감
옥에 계십시오."
선고를 내리고 그가 자리에서 일어서 모자를 벗더니
자기 주머니에서 10달러를 꺼내 거기에 넣는 것이 아
닌가.

그는 이어서 이렇게 최종 판결을 내렸다.

"여러분, 여기 벌금 10달러가 있습니다. 할머니는 벌금을 완납했습니다. 나는 오늘 굶주린 손녀들에게 빵 한 조각을 먹이기 위해 도둑질을 해야 하는 이 비정한 도시에 살고 있는 죄를 물어 이 법정에 앉아 있는 모든 사람에게 50센트의 벌금형을 선고합니다."

그리고 자신의 모자를 법정 경찰에게 넘기니 그렇게 모인 돈이 자그마치 57달러 50센트였다. 대공황 시절 불황 속에서는 결코 작은 돈이 아니었는데, 판사는 그 중에서 벌금 10달러를 뺀 47달러 50센트를 할머니의 손에 쥐어주었다.

다음날 아침 뉴욕타임스는 이 훈훈한 이야기를 이렇게 보도했다.

'빵을 훔쳐 손녀들을 먹이려 한 노파에게 47달러 50센트의 성금이 전해지다!'

얼굴이 빨개진 빵가게 주인과 법정에 있다가 갑자기 죄인이 되어버린 방청객, 그리고 뉴욕 경찰들까지 벌금을 물어야 했다.

현재 뉴욕 시에는 공항이 두 개 있는데, 하나는 J.F.K공항이고, 다른 하나는 라과디아 공항이다. 전자는 케네디 대통령의 이름을 딴 공항이고, 후자는 바로 피오렐로 라과디아 재판장의 이름을 딴 것이다.

그는 이후 뉴욕 시장을 세 번이나 역임하면서 맨해튼을 오늘날의 맨해튼으로 만든 장본인이다. 그리고 라과디아 공항에는 그곳 주차장의 특이한 주차 위치 표시에 담긴 일화(逸話)가 있다.

그 주차장 바닥에는 'Judges(법관)',

그 옆에는 'Handicapped(장애인)'와

'Senators(상원의원)'라는 주차 표시가 나란히 있다.

아무리 법관이 존경받는다는 사법국가 미국이라지만, 그 미국에서도 다른 지역에서는 좀처럼 만나보기 어려운 모습이다.

어째서 장애인이나 상원의원보다 법관의 주차 위치가 더 좋은 곳으로 지정되었을까? 그것은 한 법률가의 따뜻한 마음에서 우러나온 인간애의 표현으로 받아들이고 훈훈했던 즉결법정을 회상하기 위해 공항 주차장의 가장 좋은 위치에 법관들을 위한 자리를 따로 마련해 놓았다고 합니다.

〈모셔온 글〉

남이 버린 행운을 줍는 사나이

현재 미국으로 건너가 메이저리그에서 전설이 되어가는 일본인 선수가 있습니다. 오타니 쇼헤이입니다.

키 193cm, 잘 생긴 외모, 투수와 타자에서 모두 메이저리그에서 정상을 찍고 있고, 자기 관리에 철저하며, 검소하고, 거기다 인성까지 뛰어납니다.

메이저리그에서도 100년에 한 번 나올까 말까 한 선수라고 치켜 올리고 있습니다. 인물도 출중하여 '만찢남(만화를 찢고 나온 남자)'으로 불리며, 어디 하나 빠지는 데가 없는 사람이라고 합니다.

1994년생인 오타니는 LA다저스에서 현재 10년 7억 달러(9,200억원)의 연봉을 받는데, 어머니에게 매달 100만 원씩 타서 쓰고, 그것도 다 쓰지 않아 매달 저축한다고 합니다. 그의 어머니는 아직도 파트타임 알바를 하고, 아버지는 공장 근로자입니다.

오래된 시골집을 새로 지어드린다고 해도 마다하고, 부모는 자신들이 번 돈으로 살아갑니다. 언제까지 일을 하실 거냐고 어머니에게 물었을 때, 어머니는 "너한테 업어달라고 할 수는 없지!"라고 대답했고, 아버지도

"아들이 성공했다고 해서, 아들에게 밥 먹여달라고 할 수는 없지!"라고 했답니다.

오타니의 형제들도 오타니의 돈을 전혀 건들지 않고, 월세방에서 출발하여 스스로 벌어서 살아간다고 합니다. 가끔 우리나라 연예인과 가족들 사이에 얽힌 불편한 돈 문제가 언론에 보도되는 안타까운 모습과는 정말 너무 다른 가족관계 모습입니다.

뿐만이 아닙니다. 오타니 선수는 경기장에 담배꽁초나 휴지가 있다면, '남이 버린 행운'이라고 생각하고 다 줍는다는 것입니다. 심지어 1루로 나가다가 쓰레기가 있자, 그것을 주워 자기 주머니에 넣고 출루하기도 하는 장면이 찍혔습니다.

교회 안에 떨어진 휴지도 줍지 않았던 무늬만 성도인 제가 부끄럽습니다. 앞으론 저도 쓰레기를 '남이 버린 행운'으로 생각하고 줍는 습관을 갖고자 합니다.

외국인이기는 하지만 오타니 선수와 가족들의 인성과 생각 그리고 생활방식 및 가족관계는 우리가 배울 만하지 않습니까?

우리도 서로 배려와 사랑으로, 그리고 베풀며 살아갑시다. 오늘도 당신은 좋은 일만 있을 겁니다.

- 받은 글 -

탄압과 망명

최용학

일제가 1911년 1월 초 105인 사건을 일으켜 신민회 회원들을 대대적으로 탄압하자 우국지사들의 망명이 더욱 증가되었다. 1911년 10월 중국에서 일어난 신해혁명은 나라를 잃고 울분에 찬 애국지사들에게는 충격적인 사건이었다. 중국의 왕조 체제가 붕괴되고 손문이 임시 대총통으로 선임되어 남경에 임시정부를 수립하자 중국 등지에 흩어진 망명 인사들은 혁명진행 상황에 주목하였다. 그리고 한 가닥 가능성의 줄은 여기에 대었다.

애국지사들 중에는 중국의 혁명정부가 한국의 독립운동을 지지해 줄 것을 기대하며 혁명군에 투신하기도 했다. 신해혁명의 진전 소식을 안창호에게 정기적으로 보고하였다. 조성환은 중국 자유당에 입회까지 하였으며 신규식과 함께 남경으로 가 손문(孫文)을 방문해 독립운동을 지원해 줄 것을 요구하기도 했다. 그리고 공화당 정회에도 입회해 중국의 인사들과 교류하며 외교전을 펼치기도 했다. 조성환은 서한에서 신해혁명의 지지를 표할 것과 이에 협조할 한인들의 대표기구를 빠른 시일 내에 구성할 것을 주장하였다.

더불어 국내의 참담한 실정과 안봉철로(安奉鐵路) 개통식에 참석한 테라우찌 조선 총독을 격살(擊殺)하고자 선천에서 학생단 40여 명이 결성되었다가 체포당한 소식을 전하였다.

아무런 기반도 없고 후원도 없이 외교활동을 전개한다는 것은 기적과 같은 일이다. 의복조차 사서 입을 재력이 없었던 당시에 조성환의 '각지 동포에게 의존하자니 동포의 힘이 비에 급(及)치 못할 뿐이라 설혹 힘이 있어 도와주신다 하여도 도움을 받을 염치가 없고 生財할 方針을 생각한 지 오래나 제가 돈 벌 일은 하나도 없으니 우습고 답답할 뿐이외다'라는 전언은 당시 애국지사들의 처지를 대변해 준다. 북경 지역에서 통신처 역할을 한 곳은 손정도(孫貞道) 목사의 거처지였다. 기독교 전도차 북경에 온 손목사는 국내에서의 신민회 재판 소식과 대성학교 소식을 전하며 독립운동의 기반을 만들기 위한 방법을 의논하였다. 손정도의 방침은 북만주에 토지를 사서 한인들의 기반을 삼아야 한다는 것이다.

　신해혁명에 참여한 김진용(金晉庸)은 한인으로서 북벌군 총사령부 고등고문장(高等顧問長)으로 복무하면서 망명 지사들과 중국의 혁명 세력을 연결시키는 일을 담당하였다. 그는 한인 각 단체를 국민회 지회로 통일할 것에 대해 허락해 줄 것을 요구하였고 독립운동 자금을 마련하기 위해 광산(鑛山), 식림(植林) 사업 등 실업 경영을 준비중에 있고 중국 혁명에 일조할 기부금을 모집 중에 있음과 독립금은 비밀 기관인 상해 이풍양행(利豊洋行)으로 송부해 줄 것을 요청하였다. 상해로 망명한 신규식, 박은식, 신채호, 김규식, 조소앙, 문일평, 홍명희, 조성환, 신건식 등은 1912년 7월에 국권회복을 목표로 한 결사 동제사(同濟社)를 조직하였다.

　북경과 몽고를 오가던 김규식도 상해로 와 동제사에 참여하였다. 김성(金成)숲이라는 가명을 사용했던 김규식은 중국으로 망명한 청년들을 미국으로 탈출시키는 일을 맡기도 했다.

　1913년에 김규식의 주선으로 안창호에게 보내진 청년들은 북미에서 대한만국단에 가입해 중견 인물로 활약하였다. 김규식은 본인의 의도대로 일이 진행되지 않자 다시 학문을 하고 싶다는 심정을 토로 한 서한을 보내기도 했다. 그 외에도 상해에서 안창호에게 소식을 전한 이는 유영준, 박은식, 선우혁 등이다.

상해는 비교적 정치활동이 자유로웠던 곳으로, 3·1 운동 이후 대한민국 임시정부가 탄생하게 되는 지역적 배경을 이루기도 한다. 1917년 조소앙(趙素昂)은 상해 거주 한인들이 4백 명 이상으로 과거에는 남북 만주와 연해주가 독립운동의 근거지 자격을 가졌으나 현재는 상해가 다시없는 적지라고 소개하였다. 김필순과 이태준은 세브란스 의학전문학교 1회 졸업생으로서 세브란스병원에 근무 중 신해혁명의 소식을 듣고 망명을 한 이들이다. 특히 안창호와 의형제를 맺은 김필순은 신해혁명의 위생대(衛生隊)로 종사하기 위하여 1911년 12월에 중국으로 망명하였다. 그러나 원세기가 정권을 장악하자 만주로가 서간도 통화현기지 개척에 참여하게 된 소식을 전하였다. 그는 이곳에서 이동병원을 개설해 이회영 등 망명 인사의 주치의로 활약 하였다. 이태준은 남으로 망명해 혁명군에 참여한 한인 학생들의 소식을 전하였다. 김규식과 함께 몽고에서 혁명 단체를 조직하고 군관학교를 설립하고자 했던 이태준은 몽고 지역의 여러 곳을 답사했지만 자금 부족과 몽고혁명 등의 정세 변동으로 계획대로 일을 진행할 수 없었다.

이태준은 1920년 레닌 정부가 임시정부에 제공한

200만 루블 가운데 40만 루블을 치타에서 상해까지 운반하는 책임을 맡아 혁명 외중에 외몽고를 통과해 치타로 가던 도중, 몽고의 반혁명군에 가담한 일본인 길전(吉田)이라는 자의 눈에 띄어 총살당했다고 한다. 황병길(黃丙吉)은 안창호가 봉밀산 개척지를 돌아보는 길에 방문한 목능(穆陵)에서 안창호를 만났을 때, 활동임무를 부여받은 듯하다.

1912년 훈춘 순경국에 임명되어 복무한 황병길은 순경국장인 중국인 장빈여가 한국인에 대해 우호적임을 알리고 안창호가 훈춘을 돌아봐주기를 간청하였다.

러시아 지역 서한은 안창호가 러시아에 있는 동안 함께 대한인국민회 활동을 지도했던 인사들에게서 온 것이다. 1911년부터 1914년 제1차 세계대전이 발발하기까지의 기간에 집중되어 있는 이 지역의 서한은 1917년 백원보의 서한을 끝으로 중단되었다. 발신자 중에는 안창호에게 정기적으로 러시아의 정황을 보고하였다. 이들 서한은 독립운동기지 건설을 위해 북만주와 러시아령을 넘나들었던 애국지사들의 행적과 러시아 당국의 한인 및 극동정책, 그리고 이에 대응 한 한인들의 자세 등 당시 재러 한인독립운동계의 정황을 추적하는 데 큰 도움을 준다. 안창호는 청도회담을 마친 후 만주 및 러시아 등지의 독립운동 개혁의 정황을 돌아보고자 일단 러시아 블라디보스토크로 들어가 거의 1년간 연해주 각지를 다니며 한인 민족운동을 지도하였다.

이 동안에 북만주 밀산 봉밀산의 토지개척 상황을 둘러본 안창호는 하얼빈, 치타, 모스크바, 페테르부르크, 독일, 영국을 거쳐 대서양을 건너 그해 9월 2일에 뉴욕 항에 도착하였다. 안창호는 초대 대한인국민회 중앙총회장에 선출되어 북미는 물론 하와이, 멕시코, 쿠바, 만주, 시베리아 등지의 지방총회를 지휘하였다. 미주 대한인국 민회는 '원동사업'의 주거점을 삼아 시베리아 각지에 대한안국민회 지회를 조직했지만 러시아 당국이 대한인민국민회의 활동을 공인하지 않았다. 이에 러시아의 대한인국민회는 경제적 친목단체로 위장, 활동하기 위해 공제회로 명칭을 바꾸었으며 회원들은 러시아 정교로 개종하고, 단체의 목적도 정교를 전도하고 알리는 것이라고 위장했으며 회보도 종교신문을 표방한 「대한인정교보」로 발행하였다.

이는 물론 러시아 당국의 경계를 풀 공식적인 인정을 받기 위한 몸부림으로, 국민회 회원들이 러시아 정교회 전도인으로 활동하는 고충이 서신에 잘 나타나 있다. 국민회가 러시아 당국의 탄압을 받자, 의병계열 인사들과 귀화 한인들이 중심이 되어 1911년 12월에 권업회(勸業會)를 조직했다.

권업회는 러시아 당국의 공식적인 인가를 받아 활동을 시작하였다. 권업회가 창설되기까지 서북파로 지목된 국민회 세력은 함북, 기호파 혹은 의병들과 서로 다른 정치적 입장으로 인해 갈등을 빚었다. 이러한 배경에는 러시아 당국이 국민회의 활동을 미 기독교의 침투로 의심하였고 공식적인 활동을 허가하자 국민회 조직으로는 민족 운동을 전개할 수 없었기 때문이었다.

결국 대한인국민회 시베리아 지방총회가 치타에서 결성되면서 대한인국민회의 주요 활동무대는 치타로 이동되었다. 이강(李剛)은 안창호와 함께 공립협회를 창건한 이로, 미주 국민회에서 원동위원으로 러시아에 파견하였다. 이강은 러시아의 민족운동을 주도하면서 러시아 연해주 각지에 국민회지회를 결성하였다. 연해주 각지를 시찰. 탐문해 한인들에게 적합한 실업이 무엇인가 조사하기도 했던 이강은 하바로브스크와 흑하지방에 걸치는 지역에 감자와 연초 농사가 유력하므로 이로써 재정기반을 마련해야 한다는 의견을 피력하였다.

한편 이강과 백원보는 안창호와 국민회 계열 인사들

이 서도파로 지목되어 함북파, 기호파 등의 지방 세력
과 의병운동과 계몽운동 노선, 그리고 공화주의와 복벽
주의 등 서로 다른 계파, 계열들이 복잡하게 얽혀 있는
재러 한인사회에서 고전하고 있음을 전하였다. 그리고
양성춘이 정순만에게 살해당하고 이어 정순만도 살해
당하는 사건과 권업회의 추이를 보고하였다. 안창호는
재러 한인사회에도 실업단과 흥사단 결성을 지시, 러시
아에서도 미주와 마찬가지로 조직적 연대를 꾀했다.

이갑(李甲)은 러시아의 수도인 페테르부르크에 정착해
주요 정계 및 언론계 인사들과 교류하고 러시아의 외
교정책을 분석하는 등 외교 활동의 기반을 닦았다. 외
교활동의 진행상황을 서한으로 보고했던 이갑은 극동
정책을 처리하는 등 활동을 하다가 신병으로 타계했다.

최용학

1937. 11. 28, 中國 上海 출생(父:조선군 특무대 마지막 장교 최대현),
1945년 上海 第6國民學校 1학년 中退, 上海인성학교 2학년 중퇴, 서울 협성
국민학교 2학년중퇴, 서울 봉래초등학교 4년 중퇴, 서울 東北高等學校, 韓國
外國語大學校, 延世大學校 敎育大學院, 마닐라 데라살 그레고리오 아라네타대
학교 卒業(敎育學博士), 평택대학교대학원장역임, 현) 韓
民會 會長

'영혼' 없는 공무원

최민호

영혼이란 무엇일까?

'영혼 없는 공무원(관료)'이란 말을 처음 쓴 사람은 독일의 법률가이자 사회학자인 막스 베버(Max Weber 1864~1920)입니다.

그는 1919년 독일이 1차 세계대전에서 패망한 직후, 독재 또는 전통적인 권위와 비합리적인 카리스마의 지배로부터 벗어나기 위한 '관료제'의 우수성을 강조하기 위해 이 말을 사용했습니다.

베버에 따르면 '관료제'는 합리적인 원칙에 따라 체계화된 조직입니다. 위계질서 속에 단지 법규에 따라 행동하며, 자의적인 판단을 배제한 채 업무와 권한이 엄격하게 정형화되어 움직이는 조직이라는 것입니다.

또 그렇게 움직이는 사람을 '관료(직업공무원:technocrat)'라 정의하였습니다. 요컨대 그는 매우 좋은 의미에서 관료를 말하였고, 관료제는 합리적이고 기술적이며 전문성이 있는 조직으로, 당시의 군주에 의

한 불합리하고 자의적인 리더십을 배척하고 근대적인 법과 정치 산업 등의 분야에서 관료제를 도입하여 조직의 합리성과 예측가능성을 높여야 함을 강조하였던 것입니다.

베버는 "관료제는 그 어떤 다른 지배구조와도 비교할 수 없을 만큼 전문지식을 수단으로 삼아 업무를 매우 효율적으로 훨씬 더 잘 수행하기 때문이다"라고 말했습니다. 베버는 '관료' 즉, '직업공무원'은 철학적이거나 이념의 중심에 있는 가치를 함부로 예단하지 말 것과 임의로 가치판단을 하지 말 것을 강조했습니다.

또한 "관료제는 감정이 아니라 전문성과 능률을 기반으로 운영되어야 한다"며 '영혼 없는 관료'를 요구했습니다. '영혼'이란, 나름대로의 '자의적인 가치판단'을 말하는 것이었습니다. 공무원의 '정치적 중립성'도 이 범주에 들어갈 것입니다. 정권이 바뀔 때마다 '영혼 없는 공무원'이 도마에 오릅니다.

오로지 출세를 위해 이념과 철학이 다른 정권에 기술적으로, 전문적으로 비위를 맞추며 카멜레온처럼 급변하는 공무원의 기회주의적인 모습을 비아냥거리는 말입니다. 베버가 칭찬해 마지않고, 또 그렇게 되어야 한다는 '영혼 없는 관료'라는 좋은 의미는 어디로 다

가버리고, '영혼 없는 공무원'은 직업 공무원으로서 이처럼 모욕적이고 자존심 상하는 말을 들어가며 공무원을 해야 하나라는 회의마저 들게 하는 말이 되어 버렸습니다.

이명박 정부로 정권이 바뀌면서 초대 행안부 인사실장을 했던 저는 공무원들이 '영혼 없는 공무원'이라는 지탄을 듣는 것에 대해 많은 생각을 했습니다. 그리고 이렇게 말했습니다.

"공무원에도 분류가 있다. '영혼'을 말한다면 '정무직'과 '일반직'으로 나누어 생각해야 한다. 예컨대 새로 바뀐 상관이 칼을 만들어 오라고 지시했을 때, 우리는 무엇에 쓸 것인가에 관한 용도를 반드시 물어야 한다. 상관이 과일 깎기 위한 칼이라 한다면 과도를 만들어 드려야 한다. 그런데 과일을 말하면서 고기를 써는 칼로 바꾸어 만들어 오라고 한다면 우리는 그것은 적절치 못하다고 말하여야 한다. 그것은 직업 공무원의 책무다. 그러나 상관이 '그것은 내가 결정할 테니 당신은 시키는 대로 해'라고 다시 지시를 한다면 어떻게 해야 할까? 공무원의 생명을 걸고 반대를 해야 할까, 아니면 그 지시에 따라야 할까? 지시에 따랐다가 나중에 칼이 잘못 쓰였다 하여 책임문제가 불거졌을 때 어떻게 해야 할까? 이러한 딜레마에 나는 막스 베버를 떠올렸다. 이념이나 철학의 영역에 가치 판단하는 것은 정무직의 몫이다. 그것은 '왜?'라는 철학의 영역이다. 일반 직업 공무원은 '어떻게?'라는 기술적이고 산술적인 가치판단 을 하는 것이다. 일반 공무원은 바로 정책의 철학이나 이념에 관여하지 않는 '영혼 없는 관료'가 되어야 한다 고 베버는 말하고 있는 것이다. 정무직 공무원은 지시 가 옳든 그르든, 실패에 따른 온전한 책임을 져야 한 다. 그러나 일반 직업공무원은 지시에 따르되, 기술적 인 부분에 한해 책임을 지는 것이 '직업공무원' 즉, '관 료제'의 원칙에 입각하는 것이다."

무엇이 잘못되면 실무자부터 책임이 거론되는 것은 온당치 못하다는 것이 제 생각이었던 것입니다. 그러나 현실을 보면 그렇지만은 않았습니다. 어찌할 수 없는 힘없는 실무자가 책임을 지고, 오히려 영혼이 뚜렷해야 할 정무직들이 실무자에게 실패의 책임을 떠넘기는 현 상을 목격하기도 했습니다.

예전에는 공무원의 신분보장이 제법 강하게 이루어 졌었습니다. 정권이나 인사권자가 바뀌어도 법령에 위 반되지 않는 한, 신분이 보장되므로 원칙과 법칙이라는 공무원의 소신과 질서유지라는 베버의 좋은 의미의 '관료제'가 지켜졌습니다. 그것은 곧 국민에 대한 신뢰로 이어지기도 했습니다.

대표적으로 공무원의 높은 신뢰를 받는 사법부의 판사나 검사는 더욱 그러했습니다. '정치와 감정이 없는 오로지 법과 원칙', 그것이 그들의 영혼이었고, 정권이 바뀌어도 그들의 영혼은 변함이 없었던 것입니다.

그러나 어느덧 원칙과 규범에 뻣뻣하다 보니 융통성 없고 오만한 부정적 의미의 '관료제'로 서서히 변질되기 시작했습니다. 결정적으로 IMF가 터지면서 신분보장이 '철밥통'이라는 악명으로 이어지고, 이로 인해 정년보장이 위태로워진 공무원들이 살아남기 위해 '영혼이 충만된 공무원'으로 변신하여 정치적인 눈치와 연줄을 살피게 되었습니다. 그것이 곧 '영혼 없는 공무원'으로 지탄받게 된 것입니다. '정무감각' 없는 공무원은 마치 빈껍데기나 된 듯한 분위기가 감돌기 시작했습니다.

'좋은 의미'의 영혼 없는 공무원이 '나쁜 의미'의 영혼 없는 공무원이 된 연유가 이렇게 이루어진 것이기는 합니다만, 과거에는 소신 발언도 제법 했던 직업 공무원들이 이제는 입이 있어도 말은 할 수 없는, '영혼 없는 공무원'이 되어 하루하루 지내는 것을 보면 마음이 아프기도 합니다.

장관 앞에서도, 대통령 앞에서도 직을 걸고 소신껏 '입바른 소리'를 했노라고 큰소리를 치는 과거 선배들의 말씀은 이제 '전설'이 되어 버렸습니다. 그러면서 대통령의 한 말씀에 영혼을 잃어버린, 아니 있어야 할 영혼이 아예 존재조차하지 않았던 정치인들이나 언론들이 직업 공무원들을 '영혼 없는 공무원'이라고 비난하는 것을 보면 어안이 벙벙해집니다.

대한민국 헌법 제7조는 '공무원은 국민 전체에 대한 봉사자이며, '국민'에 대하여 책임을 진다', '공무원의 신분과 정치적 중립성은 법률이 정하는 바에 의하여 보장된다'고 명시하고 있습니다.

최민호

「한국크리스천문학」 등단,
국무총리 비서실장, 행정중심복합도시 건설청장,
행자부소청심사위원장, 충청남도 행정부지사,
홍익대 초빙교수(행정학 박사), 영국 왕립행정연수소 수료,
일본 동경대 대학원 졸업, 미국 조지타운대 객원연구원
현)제4대 세종특별자치시 시장

사랑으로 안아주기

강덕영

우리가 인생을 살면서 나눔과 사랑, 배려가 어떤 결과로 우리에게 되돌아오는지 이야기해 보고자 합니다.

미국 병원에서는 질병치료의 한 방법으로 '안아주기'를 실시한다고 합니다. 그래서 미국은 전문적으로 안아주는 직업도 있다고 합니다. 우울증 환자들을 비롯해 다양한 환자들을 포근하게 안아 줌으로써 치료효과를 거두고 있다고 합니다. 이 '안아주기' 치료는 30분에 60달러, 1시간에는 100달러 정도로 치료비가 비싸다고 들었습니다.

여성을 다정하게 안아줄 경우 여성에게서 옥시토신이라는 호르몬이 분비되어 세포를 활성화시키고 병 치료에 효과를 본다는 것입니다. 특히 면역력이 오르는데 남성도 마찬가지로 이 호르몬이 분비되어 동일한 치료효과가 있다고 합니다.

이 호르몬은 안아주는 것 같은 육체적인 접촉뿐만 아니라 정신적으로 선행을 베풀 때에도 분비된다고 합니다. 평생 빈민을 위해 헌신적으로 봉사한 테레사 수

녀의 이름을 따 '테레사 효과'라고 불리기도 합니다.

즉 다른 사람을 용서하고 배려하며 따뜻하게 정신적으로 안아줄 때 이 호르몬이 나와 자신의 병도 치료한다는 것입니다. 직접 선행을 하지 않더라도, 다른 사람이 하는 선행을 보고 감동하기만 해도 이런 간접효과가 있다고 합니다. 용서와 화해의 행위가 자신의 건강을 증진시키고 무병장수하게 해준다는 것은 놀라운 일이 아닐 수 없습니다.

언론에서 너무나도 자주 나오는 뉴스 중의 하나가 어린이집 교사나 보모가 어린이들을 학대해 경찰의 수사를 받는 이야기입니다. 이 때마다 모든 국민들이 어떻게 저런 무식한 행동을 할 수 있는지 이해를 못하며 분노를 심하게 터뜨리곤 합니다.

아주 오래 전이긴 하지만 제가 어린 손자 4명을 동시에 돌보아야 하는 상황이 있었습니다. 얼마나 시끄럽고 장난을 치는지 2시간 남짓 보았는데도 녹초가 되고 말았습니다. 수십 명을 돌보고 먹이고 가르쳐야 하는 보육교사가 얼마나 힘들지 충분하게 이해가 되었습니다.

문제가 된 보육교사들은 떠들고 장난치는 아이들을 돌보는 버거운 현실에 짜증이 났고 화를 참지 못해 이런 결과로 이어진 것이라 여겨집니다. 장난치는 아이를 감싸주고 사랑한다고 말하며 네가 지금 한 행동이 잘못됐다는 것을 잘 타일러주었다면 하는 아쉬움을 가져봅니다.

사실 보육교사는 월급도 적고 격무에 시달리는 사회적 약자입니다. 이런 사건으로 어린이집 교사들을 매도하지 말고 오히려 우리가 보육교사를 사랑으로 안아줄 차례라고 생각합니다. 그래서 그 사랑이 진정 아이들을 사랑하게 하고 아이들을 따뜻하게 보살피는 방법을 가르쳐주게 되는 것이라고 생각됩니다.

성경은 '왼빰을 맞으면 오른빰도 내밀어라', '겉옷을 빼앗기면 속옷도 주라'는 현실적으로 이해되지 않는 가르침을 합니다. 그런데 이 말이 맞는 것이 상대를 이해하고 안아줄 때 분노는 사라지고 사랑이 샘솟고 옥시토신이 분비돼 건강에 좋은 효과를 나타냅니다. 결국 성경이 진리인 것입니다.

주변의 가족과 약자, 소외된 이들을 안아 주었으면 합니다. 설사 나를 괴롭히고 저주한 자들까지도 품어주면 결과적으로 내가 결국 더 큰 하나님의 은혜와 도우심을 입는 것이라고 생각합니다.

　　세상이 날이 갈수록 각박해지고 있습니다. 수년을 살아도 바로 이웃집에 누가 살고 있는지, 무슨 일을 하는지도 모르고 또 알려고도 하지 않습니다. 정이 점점 매말라 가고 이기주의가 팽배해지고 있는 이때 좀 더 따뜻하고 부드러운 시선으로 이웃과 사회를 바라보고 나눔과 사랑, 배려와 양보의 미덕을 발휘할 수 있다면 우리의 삶은 좀 더 살맛나는 세상이 되지 않을까 생각해 봅니다.

김덕영

「한국크리스천문학」 등단,
한국외국어대 및 경희대 대학원 졸업,
저서 『그럼에도 불구하고 할 수 있다』 외 다수,
대한신학대학원대학교 이사장 역임,
현) 한국유나이티드제약 사장

‖서평‖ 한국인이 꼭 읽어야 할 무서운 책

초한전(超限戰)

김승옥

중국은 우리나라와 일본보다 지리적으로뿐 아니라, 역사적으로도 일본보다 가까웠다. 중국과 우리는 이웃으로서 평화적 관계를 유지해야 할 것이다.

그럼에도 불구하고 최근 중국이 숨겨온 무서운 병법인 초한지라는 책이 출간되어 세계적인 관심 속에 읽히고 있어 미국 정계를 긴장시키고 있다.

정보국 인사들은 긴장하며 '중국은 미국을 적국으로 생각하여 고립시키려 한다'고 믿고 있다. 이런 중국의 전략은 오히려 중국을 고립시킬지도 모른다. 그 문제의 책이 『초한전〈超限戰〉』이다.

중국은 넓은 대륙으로 지형은 우리나라와 달리 대부분 평원으로 이루어져 있다. 북경에서 상해까지 급행열차로 쉬지 않고 1700km를 달려도 광야뿐 높은 산이 보이지 않는다.

이런 환경에 강한 자가 한번 등장하면 천하를 쉽게

지배할 수밖에 없다는 역사적 사실을 이해할 수 있다.

지리적 조건 때문에 중국이 다른 나라보다 전쟁이 자주 일어나고 격렬하게 전투를 벌일 수밖에 없다고 생각된다.

따라서 중국은 다른 나라보다 탁월한 전술과 권모술수에 뛰어난 실력을 보여 왔다. 그 중에 『손자병법』은 중국사 전체 전국시대의 '만인 대 만인'의 전략 전술책으로 유명하다.

수천 년이 지난 지금도 『손자병법』을 탁월한 전술책이라고 평하여 왔다. 그런데 근자에 중화인민공화국에서 『초한전(超限戰)』이라는 책이 등장하여 이목을 집중시키고 있다.

이 책은 소설이나 장기판에서 궁이라고 불리는 초(楚)와 한(漢), 즉 항우와 유방의 싸움인 초한전(楚漢戰)이아니다. 손자병법의 전술 한계를 넘는다는 뜻의 '초한전(超限戰)'이라는 책 이름이다.

한국에는 두 종류 책이 있는데 하나는 원본인 중국인 저작의 번역본이고 다른 하나는 한국 작가가 의역한 해설서로서의 초한전(超限戰)이다.

챠오량, 왕샹수이 공저 초한전(超限戰)은 현대의 손자병법(孫子兵法)으로 『세계화 시대의 전쟁과 전법』, 이정곤 옮김, 교우미디어, 2021. / 이지용 지음, 『超限戰』은 중국의 초한전

새로운 전쟁의 도래, 미디어 코리아 2025.

이 책의 저자인 두 군인은 1999년 중국이 미국 등 강대국에 직접 대적하기 어려운 현실에 대한 진단으로, 수단과 방법을 가리지 않고 무기만이 아닌 적국의 법률, 경제, 문화 등 적국의 문화에 침투한 전투에 임하고 또 문화인을 자기 사람으로 만들어 친중국화하고, 자유국가에서 민주주의 가치를 역이용하여 언론의 자유라는 가치를 역이용하여 공산주의를 선전하는 등 다방면의 비군사적 수단을 적극 사용하는 것이다.

예를 들면 한국의 헌법은 언론출판의 자유를 보장한다. 한국인 가운데는 가끔 북한을 옹호하고 찬양하는 발언을 하는 자가 있다.

이것은 우리의 정서에 맞지 않을 뿐이지 언론의 자유가 있는 나라에는 어떤 의견이라도 자유롭게 말할 수 있는 것이다. 이런 약점을 이용하는 것이다.

『超限戰』은 이제까지의 전쟁은 무기와 무기의 대결로 재래식 전쟁이라고 칭한다.

그러나 앞으로는 전선을 뛰어넘는 모든 수단과 방법을 동원한 전술로 해야만 상대를 제입할 수 있다는 의지로 이 책을 썼다고 한다.

이 전술은 정치, 외교, 경제, 법률, 언론을 장악하여 이용하면 총칼 없이 상대를 정복하는 전법이다. 즉 군사적이 아닌 후방에서의 모든 계략을 망라한 활동이다. 자기 정체를 숨기고 웃는 낯으로 상대를 돕는 척하고 자기 국가를 위한 작전을 수행한다.

이 책에서 미국을 정복하기 위해 그 이웃 나라인 카나다와 오스트레일리아를 우선 친 중국화하는 것에 역점을 둔다는 것이다.

또 중국은 인민 누구나 정보원으로 활동할 수 있는 법을 제정하였다고 한다(이지용 229).

평소에 중국 문화를 전공하는 학자나 인사들에게 중국의 여러 문화유적과 문화행사에 초대하여 친중국인을 만들고 중국의 불리한 사건이 일어났을 경우 친중 발언을 할 수 있는 인사를 만들어 놓는다든가, 경제 분야에서 중국에 유리하게 역할을 할 인사를 확보한다든가, 경제를 흥하게 혹은 망가트릴 수 있는 요소를 만들어 놓는 등 여러 역할을 하도록 하는 것이다.

미국에서 중국어 연수학원 '공자 학원'이 수없이 세워졌다가 미국 정부에 의하여 폐쇄된 것과 훌륭한 숏폼 프로그램 틱톡의 문제는 아직도 미국과 중국이 미해결된 상태다.

트럼프 대통령은 미국인이 이것의 사용을 금지하려

하였으나 워낙 많은 젊은이들이 사용하여 이 프로 자체를 미국이 구매할 것이라고 알려졌다.

더욱이 중국의 값싼 전자제품이 사실은 몰래 정보를 빼낸다는 소문에 온 세계가 그 뒷문(backdoor)을 의심하고 있다. 전 세계가 중국의 값싼 전자제품을 사용하고 있어 현대사회의 기술혁신과 최첨단기술을 통해 적국의 군사기밀을 빼어내어 필요한 정보를 확보하고 있다는 것이다.

예컨대 한국의 휴전선 철조망에 첨부된 전자 부품(감시카메라)을 모두 교환한 일 등(중국이 뒷문을 두었다고는 미확인된 자료이나 하여튼 교환되었음)이 그 예의 하나이다. 또 언론사의 주식을 대량으로 사들여 서구 나라들이 생각할 수도 없는 언론사 주주로 발언권을 장악하는 것이다.

'주식 시장 붕괴유도, 거짓 선전선동으로 상대국의 정치혼란 유발, 사회분열 조장 등 해당 국가가 스스로 무너지게 만드는 수법이다.

금품로비, 뇌물공여 등 수법을 동원해 상대국 정치인을 타락시키고 중국에 적대적인 정치인을 집중적으로 타격하여 무력화하는 것 등도 포함된다.

사이버 공간을 이용한 집중 공격도 빠지지 않는다.

인터넷 해킹을 통해 사이버 정보와 기술을 탈취해 경제적, 군사적으로 역이용하거나 전산망을 교란하여 시스템을 파괴하거나 장악하는 등의 방법도 있다(이지용 65).' 심지어 마약까지 사용한다(챠오량, 24ff).

중국은 '비양심, 비윤리, 비규범, 비도덕 수단과 방법을 가리지 않고 하는 것을 기본으로, 군사, 비군사 영역에서 동원 가능한 수단을 창조적으로 융합해 다양한 영역에 걸쳐 전 방위적이고 파상적인 공격을 감행한다'(챠오량, 97ff).

더욱이 이 초한 작전은 중국공산당중앙위원회가 중심이 되어 운영한다는 점이다.

어쩌면 미국 정보기관뿐 아니라 다른 행정기관에서도 이 책을 연구 검토하지 않았을까 생각된다. 미국 행정부가 중국에 대하여 강한 압박을 가하고 있는 것도 이 때문이리라 짐작된다.

미 육군사관학교에서는 사관생도들에게 초한지를 필독서로 지정하였다고 한다.

전쟁에서 '수단 방법을 가리지 않는 전술'이라는 것은 사실 새로운 전술 병법이 아니다. 역사적으로 각국 중앙정보국은 이와 같은 전법을 이미 사용하고 있었던 것이다. 그런 점에서 보면 우리는 외국인을 대할 때 경계심을 갖되 선린 관계를 고려해야 할 것이다.

중국은 이 책을 노출시킴으로써 세계적 고립현상을 당하고 있다. 즉 EU국가들도 경계를 하기 시작했다는 점이다.

필자가 보기에 『초한전』으로는 중국이 오히려 세계에서 소외당하게 될 것으로 판단된다. 초한지의 전술에만 의지한다면 더 큰 허점을 찔릴 것이니 방심해서는 안 될 것이다.

김승옥

* 「문학사상」 평론으로 등단,
저서 『한국문학과 작가작품론』, 『서재여적』, 『프리드리히쉴러』, 『서양문학의 흐름』, 『독일문학과 한국문학』
현) 고려대학교 명예교수

근대 절세미인 명성황후 얼굴 찾다

박광민

"조선도 미국처럼 행복하고 자유로우며 힘이 있다면!"

명성황후가 언더우드 부인과의 대화 중 했던 말이다. 우리 근세사에서 명성황후는 나라를 망친 여인으로 끊임없는 폄훼(貶毁) 대상이 되었지만 이런 평가를 뒤집는 평전(評傳) 『명성황후가 꿈꾼 나라』가 도서출판 한글에서 간행되었다.

이 책에는 그동안 많은 논란을 거듭해 온 명성황후 원본 사진과 '명성황후어진초상화작품'도 처음 공개되었다. 여러 사진과 기록들을 하나하나 치밀하게 대비(對比)하여 분석하고, 사진을 찍은 시기와 장소까지 추론하여 명성황후 어모(御貌)에 대한 결론을 도출하였다.

이 책에 따르면 고종과 명성황후는 개혁에 관심이 많아 위정척사파(衛正斥邪派)의 반대를 물리치고 일본에 대일조사시찰단을 파견하기도 했으나 갑신정변을 겪으며 일본과 김옥균 일파에 치를 떨게 되었다고 한다. 명성황후는 여성교육에도 관심이 많아 1887년에

'이화학당(梨花學堂)'의 교명(校名)을 지어줄 만큼 진취적인 분이었다.

저자인 박광민(朴光敏) 한국어문교육연구회 연구위원은, "흔히 명성황후가 청나라를 끌어들여 국정을 장악했다고 하지만 일본이 물러간 자리를 메워 들어오는 청나라를 막을 힘이 고종이나 명성황후에게 없었을 뿐"이라고 변론하였다. 『윤치호일기』 1884년 3월 4일자에 고종 내외와 윤치호 사이에 오간 문답은, 주변국의 전횡(專橫)을 막을 힘이 없어 신하에게 강대국의 동태(動態)를 물으며 등거리 외교를 해야 했던 약소국 군주의 서러운 모습이라는 것이다. 『윤치호 일기』에는 다음과 같이 기록해 있다.

"이날 오후 2시경에 대궐에 들어갔는데 그 자리에서 두 분 전하께서 내게 물으셨다. 만약 청국(淸國)이 무리하게 우리나라 권리를 압제(壓制)하면 미국과 미국 공사(公使)는 반드시 힘을 다해 우리를 쟁변(爭辨)해 줄 수 있을 것 같으냐? 내가 아뢰었다. 무릇 미국은 우리나라가 겪는 수모를 냉정히 보고만 있지는 않을 것입니다……."

무당굿과 사치로 나라를 망쳤다는 것도 1896년에 기쿠치 겐조가 펴낸 『조선왕국(朝鮮王國)』에서 비롯된 것으로 조선인들이 이 내용들을 퍼 나르고 돈벌이용 통속 소설을 쓰며 국모(國母)를 악녀로 만든 결과라고 한다.

1931년에 간행된 『명성황후실기』에 따르면, "기도를 드려 마침내 태자를 탄생하였으므로 태자의 축수(祝壽)를 위하여 금강산 1만 2천봉마다 돈 열 냥과 백미한 섬씩을 바쳤다"하고, 『매천야록』에도 봉우리마다 돈 만민(萬緡)씩을 바쳤다고 했지만, 『일성록(日省錄)』에 의하면 1880부터 1881년까지 1년간 조정 각사(各司)에서 쓴 돈이 67만 9천72냥에 불과한데, 내탕금(內帑金)이 있었다고 해도 왕비가 굿을 하는데 12만 냥이나 쓸 만큼 큰 금액도 아니다. 당시 굿을 하여 안녕을 비는 것은 왕실이나 민간이 다르지 않았으며, 왕실에서 굿을 했으니 민간보다는 비용을 조금 더 주었을 뿐이라는 것이다. 『매천야록』에는 '명성후(明成后)'라는 표현을 비롯해 1898년 8월 10일에 창간된 '제국신문' 등이 보이므로 이 책』은 1898년 8월 이후에 저술된 것이며, 여항(閭巷)의 말도 안 되는 소문을 모아놓은 야사류(野史類) 기록이 많다고 한다.

명성황후는 이모(姨母)의 인사 청탁마저 물리칠 만큼 권한 행사에 조심스러워했는데 인사(人事)를 천단(擅斷)했다는 소문은 터무니없다. 민영소(閔泳韶)에게 보낸 한글 간찰에는, "마패(馬牌)와 척문(尺文)은 남에게 주

었다가 폐단(弊端)을 만들까 싶어 그만 두겠다”는 내용
도 있다. 고종이 지은 태행황후지문어제행록에는 “혹
(명성황후에게)은혜를 바라는 사람이 있으면 경계하여
말하기를, 항상 억제하라. 그만해도 오히려 교만하고
사치할까봐 우려되는데 더구나 갓을 빌려 주겠는가”라
고 하여 주변 사람을 단속하는 모습도 있다.

흔히 시부(媤父)인 흥선대원군과 명성황후가 원수지
간(怨讎之間)이라고 하지만 고종이 영보당(永保堂) 이씨
가 낳은 완화군(完和君)을 원자(元子)로 세우고자 할 때,
“중궁이 대군을 낳으시면 어찌하려 하시느냐”며 완화군
책봉을 막아준 사람이 흥선대원군인데, 임오군란 때 피
난지를 떠돌던 명성황후가 청군(淸軍)을 불러들여 흥선
대원군을 납치했다는 설도 근거 없는 거짓말이라고 한
다. 이 책에는 〈임오유월일기(壬午六月日記)〉 전문을 번
역해 수록하였는데 저자는, “피란을 떠날 때부터 인후
염과 종기, 학질 등에 시달려 삶과 죽음을 넘나들며 하
룻밤도 편히 묵지 못하고 이리저리 쫓겨 다닌 명성황
후가 어느 결에 청군과 연락해 시아버지를 납치했겠는
가. 이는 청나라가 외교적 판단에 근거해 시행한 일이
며, 김윤식(金允植)의 일기인 『음청사(陰晴史)』 1882년
음력 7월 10일자에 그 전말이 상세히 기록돼 있다”며

관련 기록을 번역해 싣고 원문까지 제시하였다.

　인현왕후와 명성황후의 숨결이 배인 '감고당(感古堂)' 명칭은 인현왕후 당시에는 '양정재(養正齋)'였으며, 명성황후의 친정 조카인 민영익(閔泳翊) 이후 여러 사람 소유가 되었던 감고당의 유전(流轉) 과정을 상세히 밝혔다. 명성황후가 시해(弑害) 당한 곳은 곤녕합(坤寧閤) 침전(寢殿)이며, 시해 장소로 잘못 알려진 명성황후의 서루(書樓) 명칭도 옥호루(玉壺樓)가 아니라 옥곤루(玉壼樓)라는 사실을 여러 자료를 근거로 논증(論證)하였다.

　『명성황후가 꿈꾼 나라』는 명성황후가 태어나서부터 시해당할 때까지의 삶을 편년체(編年體) 형식으로 사실(史實)과 사실(事實)에 충실하게 밝힌 자료집 성격의 평전(評傳)이다. 저자가 사실(史實)에 근거해 구성해 넣은 짧은 픽션 형식의 글과 한문 투로 저술되어 일반인이 읽기 어려운 『풍운한말비록』 및 『조선왕세보』 등을 현대문으로 쉽게 윤문(潤文)해 수록했는데 소설적 재미와 함께 당시의 시대상(時代相)도 들여다볼 수 있다. 명성황후에 대해 잘못 알려진 내용들을 자료 중심으로 변론하여 독자들이 새로운 역사를 들여다볼 수 있게 저술된 책이다

나는 그대를 사랑했다오

A. 푸슈킨

나는 그대를 사랑했다오
그 사랑은 나의 영혼 속에서
마냥 불타고 있으리라

하지만 나의 사랑은
이젠 그대를 괴롭히지 않을 것이오
슬프게 하고 싶지 않다오
희망도 없이 침묵으로
난 그대를 사랑했다오

때로는 두려움으로, 때로는 질투로
가슴 조이며
신이 그대에게 누군가의 사랑을
허락한 그대로
나는 진심으로 묵묵히
그대를 사랑했다오

사랑은 신앙생활의 최고 덕목이다. 하지만, 사랑이란 미명하에 숱한 비신앙의 무례함이 행해지고 있음도 간과할 수 없다.

시인 바울은 사랑을, 오래 참고, 온유하며, 투기하지 아니하며, 자랑도 교만도 아니 하며, 무례히 행치 아니하고, 자기 유익을 구하지 아니한다고 노래했다.

시인 푸슈킨의 사랑 또한 아름답다. 짙은 내면의 사랑이 신의 뜻과 상관없이 표출되는 것을 절제하는 질서를 원하는 사랑이다. 무례를 범치 않으려는 예민한 성찰이요 다짐이리라.

그러므로 사랑은 솔로가 아니고 듀엣이다. 일방적인 것이 아니고 쌍방향 커뮤니케이션이다. 외형적인 것이 아닌 영혼의 내밀한 소통이다. 그렇게 해서 얻어진 화음은 아름답다. 그렇게 만들어진 화음이라야 물푸레나무의 연한 순처럼, 윤사월의 송화 향기처럼 흩날린다.

　푸슈킨의 사랑의 사이클은 오늘에 제한되지 않는다. 그의 지향점은 미래까지 확산된다. 그의 오늘은 미완성이다. 그래서 여유롭다. 그것은 무한한 가능성이다.
　푸슈킨의 '삶이 그대를 속일지라도' 역시 같은 빛깔의 멜로디다.

삶이 그대를 속일지라도
슬퍼하거나 노여워하지 말라
마음 아픈 날을 참고 견디면
즐거운 날이 찾아오리니

마음은 미래에 사는 것
슬픔엔 끝이 있기 마련
모든 것은 순식간에 사라지나니
기쁨의 내일이 찾아오리니

박종구

경향신문 동화 「현대시학」 시 등단,
시집 「그는」 외,
칼럼 「우리는 무엇을 보는가」외
한국기독교문화예술대상, 한국목양문학대상,
월간목회 발행인

겨울나무 7

김소엽

겨울이 되니
사람들은 옷을 하나 둘씩 껴입는다

겨울이 되니
나무들은 한잎 두잎 옷을 벗는다

그리고 마침내
얼어붙은 대지를 포근히 덮어준다

김소엽

이대문리대영문과 및 연세대 대학원 졸업, 명예문학박사
'한국문학'에 「밤」「방황」등 작품이 서정주 박재삼심사로 등단
현) 호서대교수 은퇴후 대전대석좌교수 재임 중
시집 「그대는 별로 뜨고」,「지금 우리는 사랑에 서툴지만」,「마음속에 뜬 별」,「하나님의 편지」,「사막에서 길을 찾네」,「그대는 나의 가장 소중한 별」,「별을 찾아서」,「풀잎의 노래」등 영시집 포함 15권
* 윤동주문학상 본상, 46회 한국문학상,국제PEN문학상, 제 7회 이화문학상, 대한민국신사임당 상등 수상

내 안의 당신

김광순

비 개인 하늘
무지개처럼 피는
내 안의 당신

새빨간 꽃송이로
열아홉 가슴에 와
정열을 불사르고 가는
봄 같은 사랑

영원히 시들지 않는
내 안의 당신
하얀 미소가
고요처럼 깊어진다

김광순

「문예사조」, 「문학21」 등단,
시집 :『마음밭에 내리는 시』,『은빛 하늘 휘날릴 때』,
한국문인협회,
한국민족문학회,
광명문협 이사

기다림

김봉겸

동기(同期)들 열하나를
차례로 보내고
남아 달랑거리는
달력 한 장이
벽 위에 외롭다

그 곁에 오랜 세월을 떠안아
늙은 벽시계가
한가히 졸고 있다

저들이 쌓아올린 나이가
헤아릴 수 없을 정도지만
때꼽 낀 얼굴을 쓰다듬으며
내다보는 내일이
왠지 불안하다

세상은 시끌벅적하니

먼지로 자욱하고
별들마저 자취를 감춘 하늘은
뭔가 쏟아 부을 듯 무겁다

그래도, 가난하면
빛 주리라는
한 언약을 믿기에
아침 해를 기다린다.

김봉겸

「코스모스문학」 등단, 동인지 『울림문학1,2』,
묵상소록집 『잊혀지지 않은 약속 그 진실함』,
한국문인협회 회원, 자유문학회 회원,
변호사,
광림교회 장로

마취 2

김순덕

어둠을 밀고 들어오는
빛
되돌아온 나

익숙한 이름 나를 되살리고
자리 되찾은 기억 저편
잊었던 얼굴

한때 무심한 돌과 나무
이제는 내 그림자까지
품는다

어둠에서 건져 올린 맑음
순간, 시간은 지금
여기로 모이고

들숨과 날숨 숨결 사이

그 틈새로 흘러드는
당신의 빛

타자와의 경계 허물어지고
영원의 순간
새롭게 시작되는 존재

다시 숨을 쉰다

김순덕

「한국작가」 시 등단,
이화여대 졸업
구미문학산책동인 회원,
고대 보건 전문대, 을지대학교 강사 역임,
범하문학상 수상
현) 남포교회 권사

달맞이꽃

김순희

한 평 땅이 생긴다면
달맞이 꽃씨를 뿌리겠어요

보고픈 마음
꼭꼭 눌러두었다
달 뜨는 저녁이면 찾아오는
어머니 닮은 달맞이꽃

훗날
먼 훗날
딸아이가
엄마 그리워할 때
어미 대신 보아달라
달맞이꽃으로 피겠어요

온갖 그리움
다 다녀보았지만

어머니 그리움만한 건 없었어요

한 평 땅이 생기면
어머니 추억과 함께
달맞이 꽃씨를 뿌리겠어요

김순희

「문학마을」 등단,
이화여대 졸업
시집 『우리 마주보고 웃자』 외 다수,
국제펜한국본부 회원,
한국문인협회 회원,

일기

김어영

침대에 누워 우주가 돌아가는 기구를 바라본다
눈을 감았다 떴다. 하루를 시작한다
가끔 다시 쳐다보고 있으려면 활짝 핀 함박꽃이
저도 혼자 쓸쓸하니, 친구하잔다
나도 같은 입장이기에 반갑다 해도
말이 통하지 않으니
외로움은 없어지지 않는다
용종아! 너를 볼 수는 없다만,
네가 작아져 줘야만 수술한단다
아랫도리를 너는 속 깊이 많이도 돌아보았잖아
웃던 꽃은 뒤편 천장에서 배웅한다

남녀 기사가 내일 오라며 인사한다
터질 것 같은 오줌보를 잡으며 화장실로 향한다
암은 이렇게도 사람을 모질게 하나 회의를 느끼며
아침이면 서둘러 버스 정류장으로 향한다
한 달의 이십 일을 네게 몽땅 바쳤는데도

의사는 한 달을 채워야 한다며,
눈도 깜빡 않고 말 줄인다
암은 내 씨앗이 포근한 네 몸에서 잘 자라가는데
왜 훼방을 놓느냐며 투정을 부린다

함박꽃은 아는지 모르는지,
또 만나자며 활짝 웃는다
내일도 추운 날씨에 물 두 병을 어찌 마신다지
걱정을 달고 버스에 오른다.

김어영

『용인문학』으로 등단,
방송대국어국문과 졸업
시집 :『청춘이 밟고 간 꽃길,
용인문학회, 성남탄천문학회,
한국크리스천문학가협회 회원
울타리 편집 위원

코스모스 꽃길

김연수

친구들 다 모여라
하얀 교복 입고
코스모스 꽃길 함께 가자

분홍꽃 따서 네 옷깃에,
진분홍 따서 내 블라우스에
우정의 무늬* 찍어 주자

머리카락 흔드는 바람
가슴까지 살랑이며
꽃물, 물들여 주자

가을엔 코스모스 꽃 머리띠 하고
잠결에도 가을 바람결 따라
꽃향기 물드는 고향길에서
푸른 하늘 물에 머리도 감고

친구들아 코스모스 꽃밭에 누워

씨방마다 노란 별들*이 모여 이룬

별바다에 꿈이 춤추는

지상에 꽃으로 피어난 우주

그 맑은 노래 함께 불러보자

* 코스모스 꽃을 따서 흰 블라우스에 대고 손바닥으로 찰싹 치
  면 꽃무늬가 찍힘.
* 코스모스꽃 씨방은 노란 별 모양들이 모여 이루어짐.

김연수

「시문학」 등단.
수도사대(국어국문학) 서강대신학대학원(신학)
시집 : 『숨어사는 신화』 외 다수.
수필집 : 『사랑이 있어도 때로는 눈물겹다.』,
『더 늦기전에 사랑한다 말하세요』(최일도 공저),
동화집 : 『어린 나그네』
천등문학상본상,, 대한민국을 빛낸 여성지도자상(문
학 부문) 외 다수 수상.
현) 시문학문인회 지도위원, 한국현대시 인협회 지도위원, 한국크리스
천문학가협회 부회장, 국제PEN한국본부 이사, 한국가곡작사가협회 부
회장, 다일공동체 공동 설립자, 데일리다일 상임이사.

황금비

서경범

황금 옷자락 스치는 인연으로
만추를 반기는 동그란 달덩이 얼굴
태양 건너편 죽음의 코로나가 감내하는 원점
백의 비율이다.

가물가물 추억이 서린 들녘
뜨겁게 일렁대던 빨간 색등 킨 고추밭에
벼가 영그는 빗소리 황금비
초록 물방울 하얗게 튕기는 토란 잎이
황금 고구마 꿀사과 뒤뜰에 서 있다.

자장가 울리듯
비가 내리는 빛의 감속도,
슬프도록 아름다운 고향 풀섶에서 익어가는 호박
구릿빛 포말을 섬긴 한여름 때

눈물겨운 황금비로 씻어내린 옛날은
긴 여정 짧은 단막 생명 핏빛 감돈다.
산맥에 푸른 물줄기
색동 무지개 뜨고
봄부터 가을의 시간을 붙들어
달콤한 향기 흰 눈 너머로 연을 날린다.
돌아오지 않는 역사를 풍경은 가두고
피맺혀 빛바랜 뼈의 흔적으로
황금 살결 토속인이 머문다.

뽀얀 앙금 백의민족 뜰에
인맥 너울 짓는 황톳빛 비가 내린다.

서경범

독립기념관 백일장 '수필' 등단
시집 「안성 맑은 물」, 「미리내」,
박두진 문학관 「우리들의 시간」, 문방시회 동인지,
안성문인협회 문학지
한경대 문예대 1,2기 수료
현) 신한카드사 설계사

아내감 구하기 작전

이건숙

상호는 45세가 되어서도 아직 총각이다. 친구들은 모두 장가를 갔는데 이상하게도 그는 신붓감을 아직 구하지 못했다. 어머니의 불행한 결혼이 이런 병을 만들었는지 모르지만, 도대체 세상의 모든 여자를 믿을 수가 없기 때문이다.

상호가 세 살 적에 아버지는 죽어라고 들러붙은 여자에게 잡혀가서 어머니는 혼자가 되었다고 한다. 그 여자 때문에 인류의 모든 여자에 대한 불신이 상호의 마음속에 깊이 뿌리를 내리고 있는 걸 어쩌랴.

오늘도 어머니는 울며불며 선을 보라고 사진을 들이밀고 난리가 났다. 어머니는 새벽마다 눈물을 뿌리는 새벽제단을 쌓는 백일기도도 여러 차례 끝낸 상태라 이제 아예 자리를 보존하고 누워버렸다. 그냥은 말을 듣지 않으니 어머니는 이젠 죽기 살기로 단식을 시작한 지 사흘이 되었다.

요즘 결혼하지 않는 추세고 설령 결혼했다가도 돌싱들이 많은 세상인데 어머니는 너무 아들, 상호를 들볶았다.

　일주일 전부터 어머니는 고등학교 선생이라는 여자 사진을 상호 앞에 내밀었다. 보수적인 가정의 장로 딸 사진이라고 이번에는 이 여자를 꼭 며느리로 맞겠다고 애걸복걸 난리를 치다가 단식에 들어간 셈이다.

　솔직히 고백하자면 딸도 없이 외아들인 상호 입장에 서는 어머니가 결혼의 걸림돌이었다. 일찍 혼자 된 홀 시어머니를 모실 여자가 요즘 세상에 과연 있을까. 사랑에 더해서 가정이 화평하도록 관용과 희생, 봉사정신을 가진 여자여야 하는데 그런 여자가 이 시대에 없을 것이 분명했다.

　골치 아픈 이 문제를 어떻게 처리할까? 고민하던 중에 한 생각이 번개처럼 머리를 스쳤다. 아브라함이 며느리 감을 구할 때 썼던 방법이다. 그는 엘리에셀이란 종을 보내어 낙타에게 물을 주는지 아닌지를 보고 아들, 이삭의 아내감을 구했지만, 지금은 어떻게 해야 하는 것일까. 곰곰이 생각하다가 그는 무릎을 쳤다. 묘안이 떠올랐기 때문이다.

　어머니가 택한 아내감을 만나 보니 키도 아담하고 웃을 적에 보조개가 살짝 지는 것이 상대방을 편안하게 해주는 아주 복스러운 인상이었다. 더구나 국어를 가르치면서 시를 쓴다고 하니 마음이 조금 동했다.

마침 그때 누추하게 옷을 입은 거지 할아버지가 들어와서 껌을 사달라고 간청했다. 그러자 맞선 보던 여자가 흔쾌히 백을 열고 돈을 꺼내 껌을 두 통이나 사는 것이 아닌가.

일 단계는 무사히 통과. 상호는 내심 쾌재를 불렀다.

"아가씨, 제가 목이 몹시 말라서 죽을 지경입니다. 탁자 위에 놓인 아가씨 물을 마셔도 될까요?"

그러자 여자는 두 손으로 공손하게 물 잔을 들어 거지 할아버지의 입에 대주는 것이 아닌가. 할아버지는 각본대로 움직이면서 상호를 향해 살짝 윙크를 보냈다.

"이 물로도 목이 마르시면 제가 물을 더 가져다 드릴게요."

우와! 드디어 어머니의 기도 응답이 온 것이다. 상호가 장래를 함께 할 아내감을 정하는 순간이었다.

이건숙

한국일보 신춘문예 당선,
서울대 독어과 졸업, 미국 빌라노바 대학원 도서관학 석사,
단편집: 『팔월병』 외 7권,
장편 『사람의 딸』 외 9권,
들소리문학상, 창조문예 문학상,
현): 크리스천문학나무(계간 문예지) 주간

톱을 들고 다니는 여자

유영자

현관에서 신발을 신으며 거울을 본다. 화장이 잘 먹었는지 평소보다 더 예뻐 보인다. 거울을 보고 씽긋 웃고 엘리베이터를 타고 1층으로 쪼르르 내려갔다.

빵! 빵! 차를 대기하고 기다리던 동생이 클랙슨을 울린다. 톱을 든 여자는 신바람 나게 달려가 냉큼 차에 올라타며 동생에게 묻는다.

"오래 기다렸니?"

"아니 금방 왔어 그런데 언니 오늘 설교할 부흥 강사님이 미국에서 아주 유명한 목사님이래. 어찌나 말씀이 좋은지 만나 보기 힘든 분이라네. 그래서 교인들이 대거 몰려올 거라며 비상이 걸렸다는 거야. 그런데 구름떼 같은 관중들 앞에서 톱 연주 떨지 않고 할 자신 있어?"

동생은 내가 걱정되는지 슬쩍 눈치를 보며 물었다.

"걱정마!"

"언니는 윤제 오빠 덕분에 톱 연주 배워서 반평생을 연주 활동하며 빛나게 사네. 방송국에 초대를 받지 않

나 각 단체 특별 행사마다 톱 연주가로 출연하지를 않
나. 교회 음악 예배 때마다 무대 오르지를 않나……:
우리 언니 참 대단해. 참 윤재 오빠 소식은 아직도 모
르우?"

"응 전혀."

동생은 어둠이 덮인 거리를 지나 자드락길로 접어들
면서 쉬지 않고 떠들었다. 우리 뒤로 영광 수도원으로
향하는 차들이 꼬리에 꼬리를 물고 따라오고 있었다.
오늘처럼 중요한 행사에 초대를 받아 연주하러 갈 때
면 늘 생각나는 사람이 있다. 김윤재다. 그도 이젠 머
리가 희끗희끗할 텐데……. 도대체 그는 어디서 무슨
일을 하며 살고 있을까? 나만 보면 웃음꽃을 피우며
그렇게 좋아 했었는데……. 그와의 추억들이 슬금슬금
고개를 쳐든다.

등굣길 버스 안은 항상 비집고 들어설 틈도 없이 만
원이다. 그런데도 다음 정류장에서 또 한 무리의 학생
들을 태운다. 통로에 콩나물시루처럼 빽빽하게 서 있던
학생들은 서로 밀치고 밀리면서 북새통을 이룬다. 나는
발을 밟히면서도 손잡이를 잡고 넘어지지 않으려고 안
간힘을 썼다. 운전수가 출렁하고 차를 한번 흔든다. 중
심을 잃은 나는 옆으로 넘어졌다. 순간 내 머리카락을

뽑는 것처럼 아파서 아야! 하고 비명을 질렀다. 알고 보니 내 머리카락이 옆에 서 있던 남학생 교복 소매끝에 달린 단추에 걸린 것이다. 아무리 잡아당겨도 빠지지는 않고 머리만 아팠다. 당황한 남학생이 안절부절못하며 나에게 귓속말을 했다.

"머리카락이 빠지지 않으니 여기서 내려요."

남학생은 머리카락이 걸린 손 한쪽을 내 머리에 얹고 함께 내렸다. 차 안에 있던 학생들 눈동자가 일제히 우리에게 쏠렸다. 그 남학생은 외진 곳으로 가서 교복을 벗고는 소매 단추에 걸린 내 머리카락을 살살 빼냈다.

"아프지 않아요?"

"괜찮아요."

"세상에 별일도 다 있네요. 머리카락이 단추 사이에 걸리다니. 아무래도 우리 둘은 특별한 인연인 것 같아요."

남학생은 뭐가 그리 좋은지 싱글벙글 웃었다.

"내 이름은 김윤재. 앞으로 자주 만납시다."

그는 옆구리에 가방을 끼고 떠나려고 부릉대는 버스에 잽싸게 올라탔다.

머리카락으로 인연이 된 윤재와 나는 급속도로 친해

졌다. 그때 우리는 둘 다 대학교 3학년이었다.

그해 가을이었다. 그와 함께 남산으로 놀러 갔다. 온 산이 붉게 물들어 가고 있었다. 우리 둘은 단풍나무 밑에 나란히 앉았다. 발밑에 빨간 단풍잎이 수북이 쌓여 있었다. 윤재는 가장 예쁜 단풍잎을 찾아 들고 즉흥시 한편을 나뭇잎에 써서 나에게 주었다. 그는 만날 때마다 손바닥에도 시를 써주고 수첩에도 써 주었다. 우리 둘의 사랑은 단풍잎보다 붉게 활활 타올랐다.

그러던 어느 날이었다. 윤재가 할 말이 있다며 나를 불러냈다. 그날 따라 윤재 얼굴이 어두웠다.

"왜그래? 무슨 걱정이라도 생겼어?"

내가 먼저 물었다. 윤재는 두 팔로 뒷머리에 깍지를 끼고 하늘을 바라보며 말했다.

"너 내가 유학 갔다 돌아올 때까지 기다려 줄래? 아니면 너도 나랑 함께 미국으로 공부하러 가자."

나는 뜬금없는 윤재 말에 조용히 일어서며 말했다.

"아무래도 우리의 인연은 여기까지인 것 같다. 나는 기약 없이 마냥 기다릴 수도 없고 유학은 더더욱 갈 수 없는 입장이야. 우리가 정말 인연이라면 또 만날 수 있겠지."

나는 힘이 쭉 빠져 돌아와 이불을 푹 뒤집어쓰고 소

리 내지 않고 흑흑 울었다.

며칠 후 윤재가 꼭 다시 한 번 만나자는 연락이 왔다. 내일 미국으로 떠나기 전 한 번 더 만나자며 간곡히 부탁을 했다. 약속 장소로 나갔다. 윤재가 한 아름의 물건을 들고 서 있었다.

"이게 뭔지 알아? 톱이야 내가 배우려고 샀는데 음악에 재주가 없는지 잘 안 되네. 너라면 얼마든지 할 수 있을 거라는 믿음이 가서 선물로 들고 나왔어. 자 받아."

윤재는 자상하게 톱 연주는 첼로 활이 좋다고도 했고 연주는 톱날이 없는 곳으로 그으면 된다고 했다. 그리고 살그머니 다가와 나를 힘껏 안아주고 헤어졌다.

"언니, 다 왔어. 무슨 생각을 그렇게 하는 거야?"

동생은 날 먼저 내려 주고 주차를 하러 갔다. 톱을 든 여자가 나타나자 음악 담당자가 쫓아와 반겼다. 담당자는 톱을 받아들고 제일 앞자리로 안내했다. 나 외에 남성 사중창단이 초대되어 앉아 있어 있었다. 홀을 꽉 채운 교인들이 주여! 할렐루야! 아멘을 외치며 준비 기도를 하고 있었다. 분위기가 뜨거웠다. 시간이 되고 예배가 시작되었다. 사중창단보다 내가 먼저였다.

"지금은 톱 연주가로 활동중인 윤순자 선생님의 톱

연주가 있겠습니다.”

수많은 눈동자가 나를 따라 다녔다. 내 연주가 끝나자 아멘! 하는 소리가 뜨겁게 들렸다.

“이번엔 아주 어렵게 모신 메튜 목사님의 귀한 말씀을 듣겠습니다.”

우레와 같은 박수를 받으며 매튜 목사님이 단상 앞으로 나왔다.

“땡큐 땡큐. 수십 년만에 한국에 돌아오니 감개가 무량합니다.”

목사님은 간간히 영어를 섞어 쓰며 인사부터 했다.

“설교 시작하기 전에 개인 이야기 한마디 하겠습니다.”

목사님은 추억에 잠긴 듯 눈을 감고 빙그레 웃으며 말씀하셨다. 귀를 쫑긋 세운 교인들은 목사님 말씀에 귀를 기울였다.

“오늘은 정말 기쁩니다. 그렇게 듣고 싶던 톱 연주를 들으니 문득 생각나는 일이 있습니다. 내가 배우려고 샀던 톱을 미국으로 유학 떠나기 전날 선물로 주고 간 친구가 있습니다. 그녀도 나처럼 나이가 많을 텐데 갑자기 그리워지며 보고 싶군요. 아이구, 죄송합니다 한번 웃어 보자고 한 말입니다.”

그러자 여기저기서 박수가 터져 나오며

"서울 오신 김에 찾아봐, 찾아봐"하며 모인 교인들이 한목소리로 외쳤다. 순간 나는 깜짝 놀랐다. 약간 허스키한 목소리, 웃으면 반달이 되는 눈, 대머리가 벗어졌지만 그분은 윤재가 틀림없었다. 나는 설교가 빨리 끝나기를 기다리며 연상 시계를 들여다보았다. 아, 꼭 한 번 만나고 싶었던 김윤재! 다시는 못 만날 줄 알았는데 여기서 이렇게 만나게 될 줄이야!

유영자

「크리스천문학나무」 수필가 등단,
크리스천문학나무 수필가 등단
저서:『양말 속의 편지, 『24가지 동화로 배우는
　　　하나님 말씀』 엮음
MBC 문화방송 신인문예상 수상.
포교회 집사

자각自覺

이동원

내가 어렸을 때는 일제 말기라 시골은 문화시설이 없다 보니 어린아들이 갈 곳이 없어 할머니 마실 갈 때 따라다니면서 보내는 게 유일한 즐거움이었다.

나는 우리 집 사랑채를 빌려 사시는 할머니의 옛날 이야기를 많이 듣고 자라면서 꿈을 넓혀가는 계기가 된 것 같다. 그때 들었던 얘기다.

어느 마을에 장사하는 두 아들을 둔 어머니가 있었다. 큰아들은 짚신 장사를 하고 작은아들은 나무를 깎아 만든 나막신 장사를 했단다. 어머니는 날마다 제일 먼저 창문을 열고 밖을 보고 비가 오면 큰아들 짚신이 안 팔려 걱정이고 비가 안 오면 작은아들 나막신이 안 팔려서 걱정이었다. 하늘은 비도 오고 해도 나고 구름도 끼고 하는데 어머니는 비가 와도 걱정 해가 나도 걱정 매일 하늘에 불평만 쏟아내며 이웃과도 어울리지 못하고 외톨이가 되었다.

한편 이웃 마을에도 똑같은 아들 형제가 짚신 장사와 나막신 장사를 하는 어머니가 살았는데 그 어머니는 비가 오면 큰아들이 짚신은 못 팔아도 그동안 짚신 파느라고생했으니 쉬면서 몸보신하니 감사하고 작은아들은 나막신이 잘 팔릴 것이니 감사하고 늘 감사가 넘치므로 가정이 평안하고 이웃과도 화목했다는 이야기가 있다. 또 러시아 사형수의 마지막 5분이라는 이야기도 유명하다. 1849년 제정러시아 사형장 세묘노프 광장에서 28살의 한 청년이 반체제 죄로 사형대에 서게 되었다.

사형 집행 전 집행관이 마지막 5분의 시간을 주겠다고 했을 때 제일 먼저 가족과 친구에게 감사의 기도를 하고 2분이 남았다고 집행관이 알려주자 죽으면 하늘나라에 가게 되어 기쁘다고 기도를 마쳤다.

총살 직전 극적으로 황제의 칙명으로 형 집행정지 사면을 받고 시베리아로 유배되어, 그곳 감옥에서 수형생활 4년을 하다가 석방되어 고향으로 돌아왔다. 수형생활을 토대로 고향에서 쓴 책 『카라마조프의 형제들』 『죄와 벌』 등 명작들을 발표한 '표도르 미하 일로 비치 도스토옙스키(이하 도스토옙스키) 이야기다.

그는 감옥에서 하나님을 믿고 긍정적으로 이겨내고 4년 후 풀려나 작가로 후대에 존경받는 인물이 되었다. 어떤 어려움이 닥쳐도 긍정적으로 받아들이면 해결할 길이 열리고 발전했다는 성공담을 우리는 많이 듣고 산다.

나는 1959년 대학 입학 후 첫 대학생활은 초중고 12년 동안 같은 환경 같은 분위기에서 지내다 완전히 다른 환경과 자율적 수업 형태가 혹스러웠지만, 전국에서 모인 친구를 사귀는 즐거움과 대학 내 다른 과의 도둑? 강의 듣는 재미도 있었습니다.

경북 상주 출신 친구와 문창과 서정주 시인 강의를 들으러 갔습니다. 개강한 지 얼마 안 되니 다른 과 학생이 들어와도 모르더군요.

한 송이의 국화꽃을 피우기 위해
천둥이 먹구름 속에서
또 그렇게 울었나 보다.
(서정주 시 국화 옆에서 중 일부 인용)

고등학교 국어 시간에 큰 키에 날씬한 몸매로 교단을 오락가락하며 웅변하는 연사 같은 몸짓을 하며 서정주 詩 '국화 옆에서'를 열창하는 선생님의 열정에 詩를 좋아하게 되었습니다. 서정주 시인님은 같은 대학 문창과 시 담당 교수라 전공과목은 아니지만, 꼭 강의를 들어 보고 싶었습니다. 서정주 교수님은 마른 체격에 후줄근한 옷차림에 머리는 산발로 강의실에 들어오셔서 교탁에서 첫 말씀이 ~어제 밤새도록 친구들과 酒님을 모셨더니 꼴이 말이 아닙니다.

고등학교 국어시간에 단정한 옷차림에 '국화 옆에서'

詩를 열정으로 가르치던 국어선생님과 詩를 쓴 시인의 몸가짐이 비교되어 당황했습니다.

'국화 옆에서' 詩에서 가장 마음에 담은 ~한 송이의 국화꽃을 피우기 위해 천둥이 먹구름 속에서 또 그렇게 울었나보다~ 구절에 대한 저의 궁금증이 강의를 들으면서 풀렸습니다. '천둥이 먹구름 속에서 또 그렇게 울었나 보다' 구절을 놓고 수년을 고민했지~ 라는 말씀에 그분의 행색이 이해되었습니다.

문인은 그의 글에 어떠한 문장을 창조하여 넣어야 하는가에 대한 고뇌를 이기기 위해서는 술도 필요하고 함께 고뇌를 풀 친구도 필요하여 어울리다 보면 어쩔 수 없이 얻게 되는 과정 물이라는 것입니다. 어떤 삶이 정의롭고 지혜로운 것인가를 생각해 봅니다.

'그 또한 지나가리라'는 명언을 가슴에 새겨야 할 것 같습니다.

이동원

「시인정신」으로 등단
공저: 빗방울을 열다 외
6.25전쟁 수난기 집필자

하늘과 개천절

오경자

하늘은 인류의 품이다.

뛸 듯이 기쁜 일이 생겨도 하늘 우러러 감사드리고, 죽는 게 오히려 나을 것 같다는 극한 상황에 처해도 하나님, 하느님을 찾으며 이럴 수는 없노라고 울부짖으며 차라리 죽여 달라고 호소한다.

이게 우리 인간의 모습이다. 종교의 유무와 상관없이 우리는 하늘이라는 것에 대해 절대 능력을 가진 대상으로 인식하며 살고 있는 것이다. 그래서 여론이라는 것에 대해 배운 바 없던 옛사람들도 민심은 천심이라 해서 하늘의 마음을 두려워하고 경외의 대상으로 삼았다.

어느 때부터인가 우리네 정치인들은 이 민심이라는 것을 얕잡아보다가 큰 코를 다치는 일을 반복하며 살아가는 매우 불행한 집단이 되었다. 아니 그리 된 것 같아 안타깝다. 거기엔 여도 야도 원로도 새내기도 별로 다르지 않은 것이 우리의 전정한 비극일지도 모른다.

민심이라는 것이 두 조각이 난 채 가파르게 대립하면서 온 나라를 가마솥 끓듯 달아오르게 한 지 두 달이 넘었다. 이제 우리는 천심을 기다리며 기도할 때이다.

이 세상에는 수많은 나라가 있다. 수억의 인구는 모두 각각 자신의 나라가 있다. 나라가 없다면 그는 설 자리가 없는 사람이다. 누구나 다 자기 나라를 사랑한다.

10월 3일은 개천절이다. 반만년 전에 우리나라를 세웠다는 날, 그래서 하늘이 열렸다는 개천절로 섬기고 있다. 다른 여러 설명 필요 없이 우리나라가 처음으로 세워지고 우리 백성이 이 땅에 살기 시작했다는 것은 가슴 설레는 일이 아닐 수 없다.

우리는 그 귀한 나라를 지난 세기에 36년 씩이나 일본이라는 또 다른 나라에 강제로 빼앗기고 피눈물을 흘리며 눌려 살다가 피나는 노력으로 다시 광복의 기쁨을 맛보았다. 그것이 어언 80년 전 일이다. 강산이 여덟 번 바뀌는 동안 우리는 동족상잔의 비극을 겪고 그래도 분단의 벽을 넘지 못했다. 아직도 통일을 목 빠지게 기다리며 혼신의 힘을 다해 나라를 발전시키며 오늘에 이르렀다.

세계 10위권에 드는 경제 강국이 되었다고는 하지만 우리는 아직도 넘어야 할 산이 한둘이 아니다. 우선 통일이 최급선무이고 내실을 단단히 다지는 일이다. 급변하는 국제정세 속에서 한 치 앞을 내다보기 힘든 여러 상황이 녹록할 수만은 없어서이다. 세계 속에서 경쟁에 이기려면 우리의 실력이 탄탄해야 하고 그러기 위해서는 우리들이 안에서 강하게 결속되어 있어야 한다. 정치적인 불안이 경제를 방해해서는 안 된다.

서로의 의견을 내세우고 서로 다른 가치관을 갖고 정책을 펴나가더라도 국익이라는 대명제 앞에서는 일사분란하게 뭉쳐야 한다. 그것은 국민의 수준에 달렸다고 본다. 정치인들이야 서로의 정략에 몰두하기 쉽지만 국민의 심판이 올바를 때 그들은 정신 차리고 국민의 뜻에 따르기 때문이다.

문제는 국민의 의식 수준이다. 나라를 위하는 우국충정으로 모든 일의 우선순위를 정하는 국민이 될 수만 있다면 우리나라의 앞날은 쾌청이다. 걱정할 일 하나도 없다. 그런 나라가 되기를 바라면서 개천절 하늘을 본다. 하늘을 무서워 할 줄 아는 국민이 된다면 금상첨화다.

「수필문학」 등단, 수필집 『바퀴 달린 도시』,
한국문인협회, 국제펜 한국본부 회원,
수필문학상, 한국크리스천문학상, GS문학상 수상,
고려대학교 사회교육원 교수

환희의 눈물

박 하

딸 결혼식 날이다. 초가을 날씨가 청명하다.

식장은 원근 각지에서 오신 축하객들로 가득하여 한 쪽뿐인 날개가 외롭지 않았다.

새신랑 사위는 귀공자처럼 잘생기고 늠름했으며 새 신부인 딸은 청순하며 분홍장미꽃 같다. 분홍장미의 꽃 말 '행복한 사랑'처럼 딸은 행복해 보이며, 내게 그대 로 행복바이러스가 전해져와 감사했다. 주례자이신 목 사님은 신랑신부를 하나님께서 정해 주신 행복한 한 쌍이라고 선포해 주셨다.

신랑 신부가 내일 주일 예배드리고 다음날 신혼여행 가기로 일정이 잡혀, 저녁에 축의금 방명록을 보던 딸 이 기쁨에 들뜬 목소리로 "엄마, 축의금 봉투에 아빠 이름이 있어요."하기에, 나도 의아해하며 봉투를 보았 다. 정말 사랑하는 사람의 이름이 축의금 봉투에 적혀 있었다. 그런데 주위 아는 분 가운데 남편과 같은 이름 의 동명이인(同名異人)이 없는데, 참으로 이상하다. 딸 의 결혼식이라고 그가 다시 살아와서 주고 간 것일까.

그럴 리가 없다. 그는 하늘나라에 갔는데……. 누가 보낸 것일까. 곰곰이 생각하다가 섬광처럼 떠오르는 여인이 있었다. 오래 전 그가 전에 "자기 오빠 이름이 선배님 부군 성함과 같아요,"라고 산들바람 스쳐가듯 한 말이 떠오른다. 반신반의하다가 미심쩍어 전화로 확인해 보니 사실이다. 그녀가 낸 축의금이라니 놀랍기 그지없다. 그녀가 "뜻 깊은 날, 선배님 사랑의 완성을 이루어 드리고, 결혼하는 딸이 행복하게 살기를 바라는 마음으로 축의금 봉투에 '김정호' 선배님의 남편 이름으로 명기해 드린 것입니다."라고 차분하게 말한다. 감사의 눈물이 흐르고 가슴 가득히 기쁨의 파도가 밀려온다. 인생을 새 출발하는 딸에게 축의금을 딸의 아빠 이름 '김정호' 석 자로 보낸 분이다. 그녀는 수필집 『정 한 사발』의 저자 '김은애' 씨라니 나는 감동의 다이돌핀의 강물에 빠져버렸다. 딸도 감동에 젖으며 눈가에 이슬이 촉촉이 맺힌다.

다음날, 그녀가 이 메일을 보내 왔다.

'항시 힘들어도 내색하지 않으며 성실히 살아가는 선배님. 그런 분께는 神의 축복이 함께 하심을 믿으며 행운의 숫자 7로 축의금을 넣었습니다. 대문의 문패가 '김정호'라 쓰인 곳으로요. 김정호는 제가 사랑하는 오빠의 이름이며, 선배님이 목숨보다 더 사랑한 부군의 이름이지요. 딸의 결혼식 날, 그 이름을 제가 어찌 잊겠습니까. 결혼하는 따님이 영원히 행복하길 바라며…
중략

　나의 딸한테도 순수한 우리말로 축하 카드를 보냈다.
　"서로 옴살이 되어/ 다솜으로 의초롭게 살아가는/ 가시버시 되시리라 믿습니다."
　내 생애, 이토록 가슴 뭉클한 축하선물은 처음이다. 축의금은 대부분 축하해 주는 본인의 이름을 쓰건만, 혼주인 나를 기쁘게 해주려고 배려해준 그녀의 기발한 발상이 꽃처럼 곱다.
　그녀의 모습을 떠올려본다. 결혼을 축하해주려고 형산강에서 금호강까지 파랑새가 되어 날아와 준 그녀! 딸의 결혼식 날, 그녀는 혼주인 나보다 먼저 와서 식장 입구에서 조용히 나를 기다리고 있었다. 그녀를 본 나는 너무나 반가워 살며시 다가가 손을 꼭 잡았다. 그녀의 수필처럼 정(情)이 넘치는 따뜻한 손이었다. 더군다나 바로 다음날, 시할머니 제사까지 있는 분이 제수를 미리 준비해 놓고 왔다니 그 성의가 대단하다. 식사는 잘하고 갔는지……. 폐백 드리는 딸을 지켜보느라 경황이 없어서 가는 모습을 배웅해주지 못했다. 축의금 방명록은 영원히 가보처럼 보관할 텐데……. '김정호' 이름이 눈물샘을 자극한다. 마치 그가 하늘나라에서 천사의 도움으로 지상에 내려와 딸의 결혼식을 축하해주고 간 것 같은 심정을 준 그녀가 한없이 고맙다.

다시금 하늘로 간 남편 이름의 축의금 봉투를 대하니, 환희의 눈물이 하염없이 흐르고 그녀의 모습이 오버랩된다.

이 기쁨을 하늘 멀리 사랑하는 임에게도 보낸다.

* 1) 옴살 : 마치 한 몸같이 친밀하고 가까운 사이
  2) 다솜 : 사랑
  3) 의초롭게 : 부부 사이에 정겹고 화목하게
  4) 가시버시 : 아내와

박하

「한국크리스천문학」, 「수필과 비평」 등단, 수필집 『파랑새가 있는 동촌 금호강』 「퓨전밥상」 「초록 웃음」외 다수
국제펜한국본부, 한국수필학회 회원
농민문학작가 우수상
대구 침산제일교회 권사

베트남 나트랑과 달랏 여행기

최강일

베트남은 여러 가지로 한국과 관계가 밀접한 나라가 되었다. 여러 가지 과정을 거쳐서 1975년에 베트남의 남북대결에서 북베트남의 승리로 사회주의 체제로 통일국가가 되었다. 베트남은 오랜 기간 중국의 간섭과 지배에 시달려오다가, 1887년부터 1954년까지 프랑스 식민 지배를 받아야 했다. 그러다 1954년 제네바협정으로 남북이 분단된 상태로 독립하였으나 남북 간의 이념대립과 갈등 속에서 대립하다가 1964년 8월에 북베트남 통킹만에서 미국의 구축함 피격사건이 발생하자 미국이 대응조치로 북베트남에 폭격을 감행하면서 결국 국제적 전쟁으로 확전되어 국토가 파괴되고 많은 주민들이 목숨을 잃게 되었다.

한국도 베트남전에 미국의 요청으로 참전하여 많은 병사들이 희생되기도 했다. 그러나 남베트남 정권이 부패와 독재로 주민들의 협조를 받지 못하고, 토지개혁에 실패하면서 혼란 끝에 전쟁에서 패하여 남베트남의 수도였던 사이공이 함락되면서 분단의 세월을 마감하게 되었다.

1973년 파리평화협정을 통해서 1975년 통일국가로 등장했던 것이다. 베트남전쟁은 세계인들에게 전쟁의 무의미함과 평화의 소중함을 일깨워준 역사적 사건이 되었다.

통일된 베트남은 정치체제는 사회주의 체제를 유지하면서도 경제문제는 자유주의 시장경제체제를 택하여 연 6~7%의 성장을 이루면서 세계의 주목을 받게 되었다.

1992년 한국과 베트남은 수교를 맺고, 이후 30여 년간 서로 간에 쌓아온 경제적 신뢰와 협력의 결과로, 한국은 현재 베트남에 최대 투자국으로 자리 잡고 있다고 한다.

베트남에 진출한 대기업과 중소기업을 합쳐 무려 1만 개 이상의 한국기업이 베트남에서 경제활동을 하고 있다고 한다. 매년 330개 이상의 한국기업이 베트남 시장에 진출한 셈이니 정말로 놀라운 일이다.

베트남은 동남아시아에서 해안선이 긴 나라로 유명하여 국토의 남북길이가 1650km나 되고, 국토 크기는 33만 평방km로 한반도의 1.5배나 되고, 인구수도 1억 명에 이르는 상태로 발전가능성이 매우 큰 나라로 인식되고 있다.

이런 베트남을 직접 찾아보기 위해서 여행 선호도가 1위인 나트랑과 8위인 남부베트남의 고원지대인 달랏을 여행하는 행사에 참여하게 되었다.

2025년 5월 19~23일까지 3박 5일의 여행길에 한국크리스천문학가협회에서 주관하는 해외 여행계획에 따라 14명의 회원들과 함께 여행길이 올랐다.

오후 4시 반경에 인천공항에 모여 여행 팀원들과 함께하며 저녁식사 후 밤 시간에 5시간 정도 비행시간을 거쳐 불편을 각오하고 베트남 캄란공항에 도착하는 일정이 이어졌다. 캄란공항에서 현지 안내자와의 만남을 통해서 여행의 일정이 시작되었다. 40여 분 정도 버스로 이동하여 나트랑의 숙소에서 가이드의 안내로 숙소를 찾아가 방을 배정받고 피곤한 상태에서 약간 잠을 청하고 다음날 9시부터 여행일정에 들어갔다.

첫 번째 일정으로 베트남의 숨어 있는 보배라 할 수 있는 해발 1500m 고산지대 달랏으로 향했다. 가다보니 도저히 길을 낼 수 없을 것 같은 가파른 산악지대에 길을 내느라 너무도 힘든 과정을 겪었을 것으로 보이는 왕복 2차선의 좁은 길을 꼬불꼬불 돌면서 무려 3시간 반 만에 145km라는 산길을 버스로 달려야 했다.

사람들이 사는 곳이 거의 보이지 않을 정도의 산악지대를 거쳐서 버스가 더 이상 갈 수 없는 지점에서는 5인용 지프차로 이동해야 했다. 고산지대이다 보니 소나무 숲이 사방에 퍼져 있었다. 정상인 최고봉인 랑비양산의 높이가 2,167m라고 하였다. 산하에 내려다보이는 풍경들은 마치 우리가 신선이 된 듯, 내려다보이는 주변의 산과 호수, 강줄기 주변의 촌락 등 너무도 멋진 풍경을 보여주고 있었다.

각종의 나무들과 꽃들의 세계와 주변의 풍치를 보러 온 관광객들이 넘쳐나고 있었다. 사진기에 풍경을 담아내며 즐거운 시간을 보내고 다시 역행으로 내려왔다.

다음에는 프랑스 식민지 시절에 사용하던 협괴열차를 타고 주변의 풍경을 보면서 옛날로 돌아간 듯 흥미 있는 시간을 보내기도 했다. 일정에 따라 불교식 최대 사원인 죽림사를 방문했다. 고풍스러운 사원의 이곳저곳을 둘러보면서 놀란 것은 나무들의 묘한 모습이었다.

정원사들이 인위적으로 만들어 놓은 여러 모양의 살아있는 나무들이 눈길을 끌었다. 너무도 신기해서 휴대폰으로 모두 저장을 하였다. 이어서 케이블카를 타고 산등성을 넘어 다딴라 폭포라는 곳으로 향했다. 레일바이크를 2명씩 타고 묘하게 구불구불한 협곡을 거쳐 폭포가 보이는 곳에 이르니 역시 많은 관광객들이 붐비고 있었다.

거대한 폭포가 물줄기를 쏟아내는 자연의 풍광은 실로 감탄을 연발케 했다. 신비한 광경에 잠시 취했다가 자리를 떠야 했다. 우리는 각기 많은 사진을 찍고 시간에 쫓겨 다음 코스로 이동해야 했다.

달랏이란 곳은 산악지대에 위치해서 일 년 내내 시원한 기온을 유지하며 풍치가 좋아서 프랑스식민지 시절 그곳을 휴양지로 개발했다고 가이드가 설명했다. 중앙에 호수를 조성하고 다양한 수목을 심고 프랑스식 별장과 주택을 지어 멋진 모습을 연출해내고 있었다. 이동하면서 보이는 곳마다 비닐하우스가 마치 바다의 파도처럼 설치되어 있었다.

그렇게 많은 비닐하우스는 난생 처음 보는 장면이었다. 가이드의 설명에 의하면 우리나라 김진국 교수라는 분이 달랏의 주민들에게 원예에 관한 전문지식을 제공해서 그것을 실행한 주민들의 생활을 엄청나게 개선해주었다고 했다.

그는 대구 효성여대에서 원예과 교수로 정년을 마치고 달랏에 왔다가 그 주민들이 6개월씩 우기가 계속되어 농사를 못 지어 어렵게 사는 처지를 보고 한국의 비닐하우스와 원예작물 기르기, 각종 식물들을 기르는 교육을 해서 주민들이 이제는 다른 지역보다 평균소득이 1.5배나 되어 풍족한 생활을 하게 되었다고 한다. 달랏대학교 총장은 김교수에 대한 고마움의 뜻으로 한국어과를 개설하여 문화교류를 촉진하기도 했다고 설명했다.

달랏 지역에서 2일을 여행하면서 다음 코스는 베트남의 마지막 황제의 여름별장을 찾아 주변의 풍치와 시설들을 둘러보고, 이어서 크레이지 하우스(미친 집)라는 곳을 방문했다. 그곳은 매우 놀라웠다. 베트남의 가우디로 불리는 베트남의 건축가 당비엣응아가 설계하여 지은 건물로 동화속의 세계를 연상시키는 기괴한 건물을 보며, 마치 동굴과 나무들이 뒤엉킨 듯한 독창적인 건물로 상상을 초월하는 기괴한 건물을 지었다고 했다.

모든 건물 구조가 너무도 신기하여 구석구석 모두를 사진기에 담았다. 비가 내려 힘들었지만 열심히 찾아보며 놀라운 경광을 즐겼다.

다시 3시간 반의 시간을 들여 나트랑으로 돌아왔다. 돌아오는 도중에 안개도 심하게 끼었고 비도 내렸지만, 나트랑에 도착하니 날씨도 아주 좋아졌다. 나트랑은 베트남의 대표적인 휴양지로 인기 순위 1위를 누리고 있다고 했다.

맑고 푸른 바다와 고운 모래사장을 자랑하며 많은 관광객을 불러들인다고 알려졌다.

나트랑에서 유명한 포나가르사원 참탑을 찾아갔다. 8~13세기에 참파왕국의 참족이 세운 유적지로 인도의 영향을 받은 힌두교사원이었다. 고풍스러운 건축물과 다양한 꽃들과 멋스러운 설계로 지어진 사원을 둘러보고 주변의 강과 도시의 모습들이 정말로 멋스러웠다.

이어서 마지막 방문지로 롱선사라는 불교문화를 보여주는 사찰을 방문했다. 산중턱에 위치한 거대한 백색 불상의 모습이 눈길을 끌었다. 나트랑 시내를 한 눈에 조망할 수 있는 명소였다. 사찰 내부는 정교한 장식과 조각상들이 많다고 했으나 어두워서 외관만 보고 돌아서야 했다.

마지막 여행일정을 마치고 뷔페식으로 저녁식사를 하고 그곳에서 롯데마트라는 거대한 5층짜리 매장을 둘러보며 한국인으로서 뿌듯한 자긍심을 느끼며 마지막 일정을 마쳤다.

가이드의 안내로 캄란공항으로 이동하여 귀국절차를 마치고 밤 12시경 에어 서울행 비행편으로 인천공항으로 향했다. 아침 7시경 인천공항에 도착했다.

내 나라에 돌아오니 그렇게 기분이 편안하고 좋을 수가 없었다. 멋진 여행의 추억거리를 머릿속에 담고, 여행을 함께한 여러분들과 작별을 고한 후 사당동 집으로 향했다. 고단하지만 많은 추억거리를 마음에 담고 돌아오니 역시 여행은 하고볼 일이란 생각을 다시 하게 되었다..

이번 여행에 가족과 함께하지 못해 못내 아쉽지만, 사정이 있어 그랬으니 어쩔 수가 없는 일이었다.

최강일

「한국크리스천문학」수필등단,
고려대학교 영어영문학과 졸업,
한국크리스천문학가협회 회원,
남강고등학교 교사로 정년퇴임,
옥조근정훈장, 대통령표창 수상
스마트 북 『울타리』 기획전문 담당

내 생애의 솔루션

최 건 차

2월 26일은 내 생일이다. 1965년 24번째의 생일은 감개무량하고 가슴 벅찬 환희의 날이었다. 미8군 카투사로 의정부에서 군복무을 하던 그 날 아침은 몹시 추웠는데 하늘이 맑았다. 음력으로 치면 정월 스무하루 내가 일본에서 태어난 날이었다. 부모님과 형, 누나 그리고 누이동생들이 사는 삼양동 집에 가서 생일 미역국을 먹을 참으로 3일간의 생일휴가를 받았다. 아침을 먹으려고 식당에 들어서니 무슨 잔치나 행사가 있는 것처럼 화려하게 꾸며져 있다.

크리스마스 때와 좋은 날에나 먹는 칠면조 통구이와 쿠키며 특별한 요리들이 가득 준비돼 있었다. 오늘이 내 생일인데 어떻게 된 거냐며 취사반장 무어리 중사에게 넌지시 물어봤다. 그는 싱글벙글 웃으면서 오늘은 미합중국의 초대 대통령 조지 워싱턴의 탄신을 기념하는 국경일이라는 것이다.

그가 그대는 특별히 선택받은 행운이라며 축하를 해주었다. 나는 스텝 사전트(下士, Staff Sergeant)였어서 하사관 전용 식당에서 웨이트리스가 가져다주는 음식을 먹게 되었다. 식탁에 앉아 하나님께 감사를 드리며 격식을 차려 아침을 먹으려 했다. 우리 테이블을 맡은 웨이트리스 미스 박이 금방 다가와 반갑게 맞으며 "오늘은 미국의 국경일입니다."라고 인사를 했다. 늘 친근하게 음식을 가져다주는 그녀가 "싸진 초이께서도 즐겁고 좋은 날이 되세요"라며 메뉴를 내민다.

나는 오늘이 내 생일이라는 것을 굳이 밝히지 않고 주문한 대로 받은 것을 맛있게 먹기로 했다. 아침이라 에그 프라이와 빵을 기본으로 칠면조 고기와 쿠키 등을 2개의 접시에 가득 담아다 주었다.

미국이 차려준 생일상을 받은 샘이다. 오늘따라 미군 부대에서 맞는 내 생일이 무척이나 감격스러워 가슴이 뭉클했다. 하지만 호적에는 내 생일이 5개월이 늦은 양력 7월 22일 자로 되어있었다.

일본에서는 태어난 년 월일 그 날짜대로 출생 신고를 한다. 왜 이렇게 늦어졌는지를 어머니께 여쭈어보고 뜻밖에 사실을 알게 되었다.

내가 태어났던 1941년 2월은 엄청 추웠고 악성 유행성 독감이 나돌고 있어 영아들의 목숨이 파리 목숨 같았다.

나도 태어난 7일 만에 독감에 걸려 엄마의 젖을 빨지 못하고 곧 죽을 것 같아서 출생 신고를 할 수가 없었다. 어머니는 아기의 숨이 끊어지면 하는 수 없이 산에 묻으려고 다다미방 윗목에 포대기째로 놔두고 지켜봐야 했다.

형과 누나 다음으로 내가 태어났다. 형과 누나는 두 살 터울인데 나는 누나와 4살 터울이고 내 아래 누이동생과도 두 살 터울이었다. 나보다 먼저 누나와 두 살 터울로 태어난 아기가 그때도 유행성 독감에 걸려 죽고, 2년 후에 내가 다시 태어난 것이다.

어머니는 이번 아기도 행여 잃게 될까 봐 안타까운 심정으로 보살피는데, 아기가 전혀 젖을 빨지 못해서 입안에 조금씩 흘려주고 있었다. 잠자는 것같이 겨우 숨이 붙어 있어 지켜보면서 하루하루를 지내고 있었다. 그리하여 일반적인 상식으로는 이해가 안 될 만큼 4개월이 흘렀다.

5개월이 다 되어가는 어느 날이었다. 아기가 기적적으로 꼼지락거려 어머니가 젖을 물려주니 조금씩 빨기 시작했다고 한다. 그렇게 되면서 점점 회복되어 새로 태어난 것처럼이어서 출생 신고를 하게 된 날이 1941년 7월 그날이다. 정확하게 5개월 동안을 잠자는 것처럼 되었다가 깨어나게 됐다는 것이다.

새로 태어난 것 같은 아기는 어머니의 젖을 연신 빨면서 잘 자고 밥도 잘 먹었다. 두 돌이 지나면서부터는 또래들보다 더 건강하게 키도 크고 몸집도 튼튼하게 자라며 식탐이 많았다. 날이 갈수록 장난이 심해져 유아 시절에도 이런저런 사고로 죽을 고비를 여러 차례 넘기며 무럭무럭 자랐다. 그런 나는 일본에서 살 때 교토 작은 외할아버지 댁에서 변을 보려 실내 변소에 갔다가 거꾸로 처박혀 참변을 당할 뻔도 했다.

해방 후 조선에 나와 탐진강 상류의 물가에서 살던 때였다. 물놀이를 좋아하다가 큰물에 빠져 여러 번 죽을 고비를 넘겼다. 또 6·25 전후에는 빨치산 해방지구의 공산 치하에서 그들이 시키는 대로 소년단원이 되었다.

연락병으로 활동하다가 군경토벌대의 총에 맞을 뻔했고, 역병에 걸려서도 두 번에 걸쳐 거의 죽었다가 회복되었다.

내 삶은 태어나면서부터 늘 죽음의 그림자가 드리우는 여정이었다. 그래도 하나님의 긍휼로 팔순을 넘기며 열심히 살고 있다. 그간 몰랐던 나의 영아 시절 비밀스러운 5개월과 죽을 고비를 숱하게 넘기며 위태롭게 보낸 유년 시절이 회상된다. 사선을 넘나들면서 기구하게 살아온 생애다. 십 대를 마감하는 1960년 군에 입대하였는데 폭력이 난무하는 열악한 내무반 생활에 적응하지 못해 탈영을 시도하며 고통을 많이 겪었다. 그러나 하사 때부터 주경야독으로 영어를 열심히 공부하여 카투사로 가게 되었다. 미군들과 생활하면서 지난날의 고난에 대한 보상을 분에 넘치도록 받았다.

카투사 생활이 끝나고 한국군에 복귀할 시점에 이르렀을 때였다. 또 한 번 좋은 기회가 주어져 광주 육군보병학교에서 간부교육을 받고 육군소위로 임관했다.

1968년 1·21사태 시에는 전방 5분대기 전투소대장으로 임무를 잘 수행했다. 그다음 베트남 전에 참전하고 귀국한 후 육군 선박중대를 창설하고 군을 떠났다.

1975년 4월 15일 예비군 창설 7주년을 맞았다. 부산시 최우수 직장예비군중대장이 되어 청와대에 들어가 박정희 대통령을 알현했다.

박대통령과 마주 앉아 차를 마시며 대화했다. 이어서 KBS TV에 출연하여 20분간 생방송에 들어갔다. 국방과 안보에 관한 소견을 미국 제39대 대통령 카터의 연설문인 '변천하는 시대에 적응해야 하지만 불변의 원칙은 고수해야 한다'라는 말을 인용했다. 대박이나 직장 태창목재와 부산의 명사가 되었다.

여태껏 받은 은혜를 하나님께 감사드리며 신앙생활을 잘하려다 목사가 되었다. 정년으로 은퇴하기까지 40여 년간의 목회 중에 장로교 경기노회장과 수원시 경목위원장 직을 역임했다.

천국에 먼저 간 아내를 그리는 산행기도를 하며 지낸다.(2025. 11).

최건차

* 월간 「한국수필」, 「창조문예」 등단, 수필집 『진실의 입』, 『산을 품다』 외, 한국문협한국수필문학가협회 이사, 수원 샘내교회 담임목사

통한다는 것

최원현

어제부터 왼쪽 어금니 쪽에서 통증이 느껴졌다. 참다가 오늘 치과에 갔더니 첫마디가 어떻게 이렇게 몸을 무리했느냐고 했다. 한의사도 아니고 내과의사도 아닌 치과의사가 할 말은 아닌 것 같았다. 그런데 아프다는 곳을 마취하면서 조금 있어 보라고 했다. 한데 아프던 그쪽이 마취로 통증이 가라앉자 반대로 오른쪽이 아파왔다. 오른쪽 왼쪽 모두 다 아팠던 것인데 더 심한 왼쪽의 통증만 느꼈을 뿐이라 했다. 덜한 쪽은 심한 쪽에 묻혀 나타나질 못 했던 것이다. 결국 내 몸 상태가 전체적으로 많이 안 좋다는 것이다. 통증이 심한 한쪽을 잠재우니 가려져 있던 다른 쪽 통증이 나타나는 것은 당연한 것 아니냐고 했다. 몸이 힘들면 잇몸에 나타난다고 했다. 듣고 보니 맞는 것 같았다. 우리 몸은 각각이 별개가 아니라 연결된 유기체인 것의 실증이었다. 손가락만 아파도 몸 전체가 불편해지지 않던가. 어쩌면 삶 또한 그럴 것이다. 혼자서 독불장군으로는 살아갈 수 없는 이치와도 같다. 이가 아픈 것이 이 때문이 아니라 전체적인 몸의 건강 균형이 깨어져서라는 사실을 칠십이 넘어서야 깨닫는 이 우매함(어리석음)을 어쩌란 말인가.

무조건 잘 먹고 잘 쉬란다. 그래야 부실한 잇몸의 통증도 잡을 수 있단다. 바보스럽게 통증을 참으려 하지 말라고도 했다. 진통제를 줄 테니 아프면 먹으라고 했다. 그래서 약이 있는 것 아니냐고 했다. 가만 생각하니 아닌 게 아니라 요즘 내 몸의 컨디션이 아주 좋지 않았다. 다리는 다리대로 팔은 팔대로 눈은 눈대로 이는 이대로 몸이 조금 피로하다 느껴지는 순간 입술이 부르터 올랐다. 이쯤 되면 건강의 리트머스 검사지다. 그냥 증상의 결과를 보여주는 계기판 같다고나 할까. 몸으로 하는 일은 쉬면 금방 회복되었다. 한데 지금 내가 하는 일은 거창한 것도 아니면서 참으로 사람을 힘들게 하는 것들이다. 첫째 원인은 내 능력의 문제다. 뱁새가 황새걸음을 걷는 격이어서다. 잘 보이려거나 그렇게 하려 해서가 아니라 시간에 쫓기다 보니 폭 좁은 걸음인데도 무리하게 보폭을 크게 한 것이 너무 벌어져 가랑이가 찢어질 지경이 된 것이다. 60마력짜리를 100마력처럼 속력을 내려는 내 조급함이 문제도 된다. 쉬면 큰일 나는 줄 알고 지금 안 하면 안 되는 줄 아는 내 성급함이고 옹졸함이다. 마음도 여유가 없는 것이다. 숨이 가쁘면 숨부터 안정시키며 가다듬어야 하는데 그것도 못 하면서 가속도 붙은 속도도 못 줄이는 것이다. 더 큰 문제는 최소한 나만의 퀘렌시아도 갖지 못하면서 그것이 조정할 수 없는 현실이라고만 생각한다는 것이다.

신장에 이상이 왔다고 했다. 잡곡밥을 먹지 말고 운동도 심하게 하지 말라고 했다. 다른 진료과에선 혈압도 높아졌고 당도 있으니 잡곡밥을 먹고 운동도 열심히 하라 했다. 그런데 신장에 이상이 왔다고 하니 하라던 걸 다 하지 말란다. 이것으론 해야 하고 저것으론 하지 말아야 한다는 이 모순 같은 괴리감, 모두 내가 자초한 일들이다. 손에 오장육부의 기능이 다 나타난다거나 발에서도 다 나타난다는 한의사의 말을 들으며 신기하다 했는데 오늘은 치과의사로부터 듣는 이 말이 처음엔 생경했으나 찬찬히 생각하니 맞는 말이었다. 내가 불쑥불쑥 화를 내는 것이나 표출시키진 않았다 해도 못마땅하다고 생각하는 것들도 내 몸의 어느 부분이 불편해서 생기는 현상이요 증상이 아녔을까 싶다.

내 몸은 신장결석으로 두 번이나 수술을 받았었고 허리 디스크로도 두 번의 수술, 백내장으로 두 번 수술, 그 외 허리 때문에 받은 몇 번의 시술에 초음파쇄석기로 체질적으로 생긴다는 결석을 깨낸 것도 여러 번이고 본래의 내 이(齒) 아닌 것이 이미 12개나 되니 불쌍한 내 몸이 아닐 수 없다. 지금은 잘 보이지도 않을 만큼 작은 구멍 하나 내고 신장결석 수술도 하는데 40여 년 전에는 배 중앙에서 허리둘레까지 전체를 갈라 수술을 해서 여름에 해수욕장에라도 가면 보는 눈들이 놀라곤 했다.

언젠가 한의사가 그렇게 삼팔선처럼 온몸을 둘로 갈라놓았으니 위아래가 서로 통할 수 없지 않겠느냐며 혀를 끌끌 찼다. 발이라도 따뜻하게 해주라 했다. 겨울엔 모자라도 쓰라 했다. 자연적으로는 통할 수 없으니 그렇게라도 해줘야 그나마 몸도 통한다고 했다. 균형을 이루며 서로 통하게 하는 것이 무엇보다 중요하다 했다. 남남이었던 부부도 오래 함께 살다 보면 식성도 성격도 서로 닮아간다고 한다. 심지어 얼굴도 닮아간다고 한다. 늘 마주 보는 얼굴, 목소리, 식성들이 모난 것들도 둥글둥글하게 만들어 닮아지게 한다는 말이겠다. 그래서 '그거 어디 있어?' 하면 '저기' 하고 바로 답이 나오는 소통의 신기함도 바로 그런 통함이 아닐까.

어린 날 마을 앞 냇가에 나가 빨래를 하던 엄마들이

갑자기 일어나 집으로 뛰어가는 걸 보았다. 집에서 아이가 깨서 배고프다고 울고 있다는 것이다. 젖이 운다고도 했다. 엄마와 아기는 그렇게도 소통이 되었다. 할머니께서 전화를 주셨다. 별일 없느냐고 하셨다. 자꾸 꿈에 보인다고 했다. 그때 나는 심한 몸살감기로 밥도 못 먹고 있을 때였다. 나를 위해 늘 염려하고 기도하시던 할머니는 그렇게 손자와 소통을 하셨다. 거리는 관계 없었다. 천리 타향에 있어도 통하는 건 통하는 거였다. 세상의 모든 것은 다 통해야만 아니 통하는 것이었다. 한데 요즘에는 그런 통함이 보이지 않는다. 사람도 자연의 일부이기에 자연의 울림 떨림 경고를 들을 수 있고 느낄 수 있다고 한다. 하지만 우린 문명이란 이름의 기계적인 것들만 더 의지하고 신뢰한다. 그러다보니 자기 몸의 고장 신호도 듣지 못한다. 신음소리도 듣지 못하고 아파하는 것도 느끼지 못한다. 바람이 실어다 주는 향기도 맑은 산골 물소리는 더 어림 없다. 들을 생각도 느낄 생각도 않는다. 다 잃어버렸고 놓쳐버렸고 의식조차 하지 못했다.

치과에서 내 몸의 상태를 들으면서 세상과 연결되어 있는 나, 살아있는 모든 것들 속의 한 부분인 나를 비로소 바라본다. 통한다는 것은 내가 먼저 보고 듣고 느끼려 할 때 내게로 와지는 선물일 것 같다. 눈도 마주쳐야만 보고 느낄 수 있으니 말이다. 창밖에서 이팝나무가 하얀 이를 드러내고 활짝 웃고 있다. 맞다. 그도 나와 소통하자는 거다. 그래 고맙다. 나도 같이 웃어준다. 세상은 다 이리 통하는 것이거늘. 갑자기 내 몸 구서구석에서도 으라라차 기지개 켜는 소리가 들려오는 것 같다. 이만큼에서라도 내 몸이 비로소 통한 것일까.

최원현

《한국수필》로 수필, 《조선문학》으로 문학평론 등단. 한국수필창작문예원장·사)한국수필가협회 명예이사장. 사)한국문인협회 부이사장(역임)·국제펜한국본부·국립세계문자박물관·범우문화재단 이사. 한국수필문학상·펜문학상·한국문학상 수상 외, 수필집 《날마다 좋은 날》 《그냥》 《누름돌》 등 19권, 중학교 《국어1》 《도덕2》에 수필, 고등학교 《국어1》 《문학 상》에 수필 이론 실림.

고향 단상(斷想)

박광민

옥수수 여무는 시골 밤은 은은한 정취(情趣)가 넘친다.

온 식구가 들일을 끝내고 돌아온 저녁이면 보리타작할 때 나온 북데기를 마당 한쪽에 모기향 대신 피워놓고 넓은 마당 한가운데 멍석이나 맷방석을 깔아놓고 감자와 애호박을 숭숭 썰어 넣어 끓인 수제비를 먹는 맛은 일품이었다.

음식 맛뿐 아니라 아스라한 은하(銀河)를 바라보는 시정(詩情) 넘치는 멋까지 어우러져 누구나 시인이 아니라도 시인이 된다.

게다가 수제비국 후에 곁들여지는 농밀(濃密)하게 익은 향기로운 참외며 토속적이고 감칠맛 나는 노란 찰옥수수를 깨무는 맛이란 도시의 전깃불 아래서는 느낄 수 없는 정취다.

수줍은 새아씨가 손을 가리고 웃을 때 어쩌다 살짝 드러나는 가지런히 고운 치아(齒牙)처럼 그렇게 흠 하나 없이 잘 여문 노란 찰옥수수가 얼마나 정겨운가.

처음에는 '앗 뜨거 앗 뜨거' 하면서 손을 후후 불어가

며 남아 있는 속껍질을 벗겨가며 광활한 은하수 아래
먹는 찰옥수수는 뜨거워야 제 맛이 났다.

그 살풋한 옥수수 냄새며 구수한 감자 냄새 서린 시
골 밤의 풍경, 은하수가 아스라이 흘러가는 맷방석에
누워 여든일곱 호호백발(皜皜白髮) 할머니가 들려주시던
'도깨비 이야기'는 추억이 된다.

할머니 도깨비 이야기가 끝나기도 전에 별처럼 초롱
초롱한 아이들 눈에는 졸음이 엾혀 사르르 하나둘 잠
이 든다.

할머니 이야기는 이랬다.

신비로운 꿈의 세계를 휘돌아오는 걸걸한 목소리로
'금 나와라 뚝딱, 은 나와라 뚝딱' 남도창을 불러준 혹
부리 영감님 노래에 반한 도깨비들이 금은보화를 영감
님한테 푸짐하게 주어 부자가 되었다는 소문.

그 소문을 들은 욕심쟁이 영감이 혹부리 영감한테
혹을 비싸게 사서 도깨비를 찾아가 노래를 불렀지만
혹에서 아름다운 노래가 나오지 않자 도깨비들이 욕심
쟁이 영감한테 금은보화(金銀寶貨) 대신 혹 하나를 더 붙
여주었다는 웃기는 이야기.

도깨비들은 욕심쟁이 영감한테 속았다는 것을 알았
지만 사람을 해치지 않고 혹 하나를 더 붙여 주었다는

해학적(諧謔的)인 방법으로 골탕을 먹여 돌려보냈다는 이야기는 교훈적이다.

지금은 할머니가 들려주려 해도 이야기를 들어주는 아이들이 없다. 인정이 문명에 상처를 입어서다. 어른 아이 모두 텔레비전과 스마트 폰에 홀려 목을 한곳으로 수구려 꺾고 산다.

한여름 밤 넓은 마당에 멍석 깔고 누워 바라보던 달도 은하수도 우리 것이 아니고 정겨운 고향도 꿈 잃은 산야가 되고 말았다.

한여름이 지나간 고향 뒷산엔 햇밤이 탐스럽게 익어 아람을 벌리겠지.(철원 산곡에서)

박광민

경기도 광주 출생
私塾에서 한문 수학, 동국대학교 행정대학원 수료
한국어문교육연구회이사, 제26회 한국잡지언론상 수상
MBC라디오 고전의 향기출연, 조선일보 일사일언 집필
저서:천자문에서 삶의 길을 찾다, 창작시집 思惟의 뜨
　　락에서, 백두산 기행

눈(眼)으로 그린 사랑

봄이 왔는가 싶더니 여름이 지나가고 산마다 단풍잎 물드는 가을이 왔나 싶더니 겨울이 머물러 있는 이 마을엔 달과 별들도 부러워한다는 금실 좋은 노부부가 살고 있었다.

그런데 밭에 일하러 나간다는 할아버지의 등 뒤엔 지게가 아닌 할머니가 업혀 있었다.

"임자 밖에 나오니 춥지 않아?"

"영감 등이 따뜻하니까 춥지 않네요."

앞을 못 보는 할머니를 업고 다닌다는 할아버지는

"임자, 여기 앉아 쉬고 있어. 밭에 씨 좀 뿌려 놓고 올 테니."

씨앗 한 움큼을 던져 놓고 할머니 한번 쳐다보는 것도 모자라 노래를 불렀다.

초가 삼간… ♫
집을 짓는 ♪내 고향 정든 땅♪♩

구성진 노래를 불러주고 있는데 이젠 할머니까지 손

뻑을 치며 노래를 따라 부르고 있었다.

날아가던 새들까지 장단을 맞추어 주고 있고 이를 보고 있는 할아버지의 눈가가 촉촉이 젖어오고 있었는데 '나만 볼 수 있는 게 미안하다며' 눈물짓고 있는 할아버지는 봄처럼 푸른 새싹을 여름 햇살에 키워 가을을 닮은 곡식들로 행복을 줍던 날들을 뒤로한 채 찬서리 진 겨울 같은 아픔을 맞이하고 말았다.

고뿔이 심해 들린 읍내 병원에서 큰 병원으로 가보라는 소리에 할머니 몰래 진찰을 받고 나오는 할아버지의 얼굴엔 하얀 낮달이 앉았습니다.

할아버지는 자신이 암에 걸렸다는 걸 할머니에게 말하지 않은 채 평소와 다를 바 없이 산과 들로 다니며 행복을 줍고 있었지만 갈수록 할머니를 업기에도, 휠체어를 밀기에도 힘에 부쳐가는 시간을 들키지 않으려 안간힘을 쓰고 있었다.

노부부의 앞마당 빨랫줄에 매달려 놀고 있던 해님이 달님이 불러서인지 점점 멀어지고 있을 때

"임자, 됐어… 됐다구."

"읍에 갔다 오더니 뭔 말이래요?"

"그동안 고생했어."

할머니에게 망막기증을 해준다는 사람이 나섰다며

봄을 만난 나비처럼 온 마당을 들쑤시고 다니고 있는 할아버지의 애씀이 있어서인지 시간이 지나 할머니는 수술대에 누워 있습니다.

"임자, 수술 잘 될 거니까 걱정 말어."

"그래요. 이제 나란히 손잡고 같이 걸어갑시다."

이 다음에 저승에서 만나면 꼭 그렇게 하자는 그 말은 차마 하지 못한 채 돌아서는 할아버지가 떠나시면서 남기고 간 선물로 눈을 뜬 할머니는 펼쳐진 세상이 너무나 신기하다는 듯 바라보시다가 이내 할아버지를 찾았다.

'임자, 이제 그 눈으로 오십 평 생 못 본 세상 실컷 보고 천천히 오구려. 세상 구경 끝나고 나 있는 곳으로 올 땐 포근한 당신 등으로 날 업어 떨어져 있던 시간만큼 못다 한 이야기나 해주구려. 비록 멀어졌지만 우린 함께 세상을 보고 있는 거라고……'

편지를 읽고 난 할머니는 할아버지가 잠들어 있는 하늘가를 향해 소리치고 있었다.

당신의 등 뒤에서 마음으로 세상을 바라볼 때가 더 행복했다고…….

남편은 죽으면서 아내에게 눈을 주어 광명을 찾아주고 갔다.

하필 허당에 빠진 국자 / 충청도 사투리로 쓴 / 명랑 소설

넷째 남자 (9)

허당은 단호히 거절했다.

"그건 안 되쥬. 회장님허고 저는 상거래를 하는 사이인디 허면 안 되지유."

회장이 정색을 하고 서울말로 말했다.

"허선생, 그러지 말고 나하고 손잡고 일합시다."

"지가 무신 선생이유. 책 곳간 심부름꾼인디유."

"학교에서 그만큼 배우고 연구한 것이 있을 텐데 그 실력을 썩히면 되겠어요? 그건 국가적 손실이지요."

"저 같은 건 세상에 가을 낙엽보다 많어유. 회장님이 서울말을 하시니께 제 맴이 편해지내유."

"그래요? 그렇지만 허선생이 좋을 땐 사투리를 쓸 테니 그리 아시오."

"야, 고마워유."

"오늘 거래는 이것으로 끝내고 내일 또 보물을 가지고 만납시다. 그리고 우리 회사 상담실 문제도 연구해 보시오."

"고서는 을마든지 갖고 오것지만 심리상담실은 연구할 게 읎시유."

"알았어요. 내일 봅시다."

"안녕히 계셔유. 내일 또 뵙것시유."

허당이 회장실을 나와 정문을 나설 때 경비원이 불렀다.

"저 좀 보시지요."

"야?"

"아까 주신 동화책 '행복을 파는 할아버지'는 얼마나 드리면 될까요?"

"저 장사꾼 아녀유. 그 동화책이 재미있어서 드린 거여유."

"거저요?"

"야, 거저유. 거저 드린 거유."

경비원이 주머니에서 5천 원을 꺼내어 내밀었다.

"죄송하지만 제가 가진 것이 이것밖에 안 되어서……."

"저는 돈 안 받어유. 좋은 책을 좋은 맴으로 드리는 것이니께 좋게 받아주세유."

"귀한 것을 거저 받으면 공짜 병에 걸린다는 거 모르시나요?"

허당이 전기에 감전이라도 된 듯 눈을 번쩍 뜨고 물었다.

"야? 공짜병이라고 하셨나유?"

"예, 공짜병을 퍼뜨리는 것도 죄입니다. 작지만 받으세요."

허당은 생각하는 바가 있어서 돈을 두 손으로 받아 들고 인사를 했다.

"고마워유. 이 돈 아주 요긴한 데 쓸래유. 그래도 되지유?"

"그럼요. 그러시면 제가 고맙지요."

"알았시유. 이 돈은 제 돈이 맞지유?"

"예, 맞습니다."

"이제 지 맘대로 써도 되쥬?"

"물론입니다."

허당은 돈을 경비원 손에 잡혀 주면서 말했다.

"내 돈 내 맘대로 주고 싶은 사람한티 주는 건 죄가 안 되쥬? 받으세유. 내 돈 드리는 건게 받으세유."

경비원은 어이가 없어 돈을 되받으면서 크게 웃어 제쳤다.

"하하하 세상에 이런 일이?"

그 소리에 경비실장이 다가오며 물었다.

도깨비 방망이

"김씨, 뭘 가지고 그렇게 웃으시오?"

"아무것도 아닙니다."

"아무것도 아니라니. 그 돈은 뭐고 동화책은 왜 들고 그러시오?"

그러다가 실장이 허당한테 말했다.

"손님이 주신 동화책 '귀 밝은 임금님'을 아주 재미있게 읽었습니다. 우리 경비원들이 읽고 맘에 새길 교훈인데 아이들한테도 좋을 것 같아서 우리 아들한테 갖다 주려고 하는데 그래도 괜찮지요?"

"야, 그러시면 고맙지유."

"세상이 많이 변했어. 옛날 같으면 돈을 주고 사야 하는 책을 이제는 아무나, 아무한테나 책을 뿌리고 다녀도 줍는 사람이 없는 세상이 되었으니 스마트 폰이 만든 병이지. 안 그런가 김씨?"

허당은 아무나가 아무한테나 라는 말이 귀에 거슬렸지만 참고 말했다.

"그 책은 애들보다 어른이 먼저 읽어야 할 내용이지유."

"맞아요. 댁은 어디서 그런 책이 나서 나누어 주나

요?"

"그런 책 많어유."

"그럼 언제든 그런 책을 많이 갖다 주실 수 있습니까?"

"야. 내일도 올탱게 몇 권 드리지유."

경비실장은 신이 나서 말했다.

"고맙소. 내가 도깨비 방망이를 만났어, 하하하."

"제가 도깨비 방망이라구유?"

"동화책을 거저로 많이 주신다니 옛날이야기 생각이 나서 한 말이오. 섭섭하시오?"

"아니유. 내일 뵙지유."

허당은 서울에서 돌아와 버스가 정거장에 서자마자 곧바로 책 곳간으로 달려갔다. 하필이는 허당이 고서를 들고 나갔다 오기를 기다리고 있던 터라 반겼다.

"오늘도 뭐 그런 거 있는 겨어?"

"야. 이 봉투 받으시유."

하필은 봉투를 받아 속을 들여다보고 입이 쩍 벌어졌다.

"하하하, 내가 도깨비헌티 홀린 것 같당게."

"도깨비가 뭐유?"

"그런게 있어. 하하하."

이층에서 책을 찾던 하우가 하필이 웃음소리를 듣고 내려다보았다.

"아빠, 웬 웃음소리가 그렇게 커?"

하필이 웃음으로 대답했다.

"다 도깨비 때문이지. 하하하."

하우가 허당한테 빨리 올라오라는 손짓을 했다. 보나마나 주문장을 보라는 신호일 것이다. 오늘은 하필이 기분이 좋아서 한마디 했다.

"허당, 빨리 올라가 봐아. 하우가 부르잖여. 주문장에 꼬부랑글씨가 많었어."

"알았슈."

허당이 이층으로 올라가자 하우가 찾아놓은 책을 가리켰다. 책이 엄청 많았다.

"웬 책이 이렇게 많은거?"

"오빠 내가 다 찾았는데 원서는 못 다 찾았어."

"그려? 내가 바로 찾을겨."

허당이 잠깐 사이에 책을 다 찾았다. 그 동안 하우는 전에 펴서 읽던 책을 들고 말했다.

"오빠, 독서놀이 할 책 정했어?"

"아니."

"내가 한 말 안 들어줄 거야?"

"차차 찾아 볼겨."

"오늘은 내가 이런 센텐스를 읽어 줄게. 알았지?"

"응."

하우가 책을 펴고 한 파트를 읽었다.

"여자는 모든 여자가 그렇듯이 자기가 사랑하는 사람의 팔 안에 몸과 마음이 꼭 품겨져야 완전한 여자의 인격을 이룬다 고 생각합니다. 제가 당신을 향해 제 몸과 마음이 다 가서 닿을만한 항구가 되어지기를 소원하는 것은 혹시 무조작(無造作)한 생명의 요구인지도 모릅니다. 그러나 이러한 사고가 한 번도 저에게 비겁이거나 수치의 감을 일으킨 적은 없습니다. 아무 꿀림 없는 자연적 사고 내용이었습니다."

하우가 책장을 덮고 말했다.

"오빠, 이런 글 어때?"

"노우여."

대답은 이렇게 했지만 무언가 설명하기는 어렵지만 하우가 이상한 감정을 가지고 있는 거 같기도 하여 반갑기도 하고 야릇한 기분이 들었다.

"오빠, 내일은 오빠 차례야. 알았지?"

"오케여."

"오빠는 영어 잘하네. 노우 오케이 호호호"

두 사람이 같이 있는 시간이 오래 걸린다고 생각한 하필이 좀 불만스러운 소리를 질렀다.

"다 찾았으면 둘 다 내려와아!"

하필은 허당을 돈 물어오는 도깨비 방망이 같다고 좋아하면서도 하우하고 붙어 있는 건 불만이었다.

그렇게 하루가 가고 다음 날 허당은 고서 두 권과 '행복이 주렁주렁'이라는 동화책 두 권을 들고 빌딩 경비실 앞으로 갔다.

경비실장이 내다보고 김씨한테 말했다.

"저기 보게. 그 촌뜨기가 오고 있네."

"아무리 촌사람이라도 그러시면 안 되시지요"

"촌뜨기는 촌뜨기지 뭐. 안 그래유우, 고맙쥬우. 히히히."

경비실장은 촌뜨기라고 얕보면서도 알랑거리는 재주는 천재적이다.

홀로코스트(13)

"빨리 뛰어! 뛰고 싶지 않거든 다른 사람이나 지나가게 하라구."

그러나 엘리위젤이 할 수 있는 것은 잠시 눈을 붙이는 일이 전부였다. 잠시 두 눈을 붙이고 온 세상이 끝나는 것을 보는 일, 온 생애를 꿈꾸어 보는 일, 그것이 전부일 뿐이었다.

길은 끝이 없었다. 달려도 달려도 끝이 없었다. 모두는 집단에 밀리고 맹목적인 운명에 끌려 무작정 달리고만 있었다. 친위대원들은 지치면 교대했다. 그러나 모두에게는 교대해 줄 사람도 없었다. 계속 달리고 있었지만 모두의 수족은 추위 때문에 마비되어 갔으며 목은 타는 듯했고 배가 고프고 숨이 차서 헐떡였다.

모두는 자연의 지배자임과 동시에 세계의 지배자들이었다. 모두는 모든 것을 깡그리 잊어버렸다. 죽음도, 피로도, 그리고 생리현상인 대소변의 일까지도 깡그리 잊어버렸다. 이 세상에서 혹한이나 굶주림보다 강하고, 총알이나 죽고 싶은 욕망보다 강한 사람들이 있다면, 유죄판결을 받고서 번호만을 지닌 채 들판을 방황하고 있는 모두들이 있을 뿐, 그밖에는 아무도 없었다. 이윽고, 잿빛 하늘에 샛별이 나타났다. 지평선 위로는 희미한 여명이 비쳤다. 모두는 모두 기진맥진해 있었다. 기력도 환상도 없었다. 사령관은 모두에게 발표하기를, 수용소를 출발한 이후 42마일을 행군해 왔다고 했다. 육체의 피로에는 한계가 있게 마련이다. 그러나 모두는 그 한계를 넘어서 있었다. 다리는 모두도 모르게, 모두와는 아무 상관없이 기계적으로 움직이고 있을 뿐이었다.

모두는 어느 황폐한 마을을 지나갔다. 그 마을에는 사람의 그림자 하나 보이지 않았고 개 짖는 소리 하나 들리지 않았다. 집집마다 창문이 활짝 열린 채 텅 비어 있었다. 몇 사람이 대열에서 살짝 벗어나 황폐한 건물 속에 몸을 숨겼다.

그로부터 한 시간을 더 행군한 다음에야 쉬라는 명령이 내려졌다. 모두는 눈 속에 그대로 주저앉았다. 아버지가 엘리위젤을 붙잡고 흔들었다.

"여기서는 안 된다. 일어나거라. 조금만 더 가자. 저쪽에 창고가 하나 있다. 자, 어서 가자."

엘리위젤에게는 일어설 기력도 의지도 없었다. 그렇지만 아버지의 말에 따랐다. 그 건물은 창고가 아니라

벽돌공장이었다. 지붕은 기울고 창문은 부서져 있었으며 벽은 온통 얼룩투성이였다. 그러나 안으로 들어가기가 쉬운 일이 아니었다. 수백 명의 재소자들이 벌써부터 문간에 몰려와 있었기 때문이다.

모두는 겨우겨우 안으로 들어가는 데 성공했다. 그 안에도 눈이 수북이 쌓여 있었다. 엘리위젤은 그 자리에 주저앉았다. 그가 정말 피로감을 느낀 것은 바로 그때였다. 눈은 아주 부드럽고 따뜻한 융단 같았다. 엘리위젤은 이내 잠에 곯아 떨어졌다.

그렇게 얼마나 잤을까. 잠깐 잤는지, 한 시간을 잤는지 알 수 없었다. 눈을 떴을 때 차가운 손이 뺨을 어루만지고 있었다. 눈을 떠보았다. 아버지였다.

아버지는 지난밤 사이에 얼마나 늙어버렸는가! 몸은 완전히 찌그러져 오그라들고 있었다. 두 눈은 초점을 잃었고 입술은 바짝 말라붙어 있었다. 체력의 소모가 극도에 이르렀음을 한눈에 알아볼 수 있었다. 눈물과 눈에 젖은 목소리로 아버지가 입을 열었다.

"엘리제르야, 졸음에 져서는 안 된다. 눈 속에서 잠을 자는 건 위험한 일이다. 영원히 잠들어버릴지도 모른단다. 자, 가자. 어서 일어나거라."

00어나라고? 하지만 내가 어떻게 일어난단 말인가?

이 푹신한 침대에서 일어나라고? 그는 아버지의 말을 알아들을 수는 있었다. 그러나 그 말은 건물을 통째로 팔에 안고 일어서라는 것만큼이나 아무 의미가 없었다.

"얘야, 어서 가자⋯⋯."

엘리위젤은 이를 악물고 일어섰다. 아버지는 아들을 팔로 부축하고 건물 밖으로 나갔다. 들어올 때와 마찬가지로 나가는 일도 쉽지 않았다. 모두의 발부리에는 이리저리 마구 짓밟힌 채 죽어 가는 사람들도 있었다. 그러나 누구 하나 주의하는 사람이 없었다.

밖으로 나왔다. 얼음같이 차가운 바람이 안면에 몰아쳤다. 엘리위젤은 입술이 얼어붙지 않도록 계속 깨물었다. 주위에 있는 모든 것이 죽음의 춤을 추고 있었다. 그런 광경에 머리가 어지러웠다. 나무토막처럼 뻣뻣한 시체들이 널려 있는 어떤 공동묘지를 거닐고 있는 착각에 빠졌다. 거기에는 슬픔의 울음소리도, 신음소리도 없었다. 다만 단말마의 고통을 침묵 속에서 견디고 있을 뿐이었다. 아무도 어느 누구에게 도움을 청하지 않았다. 그들은 죽어야 하기 때문에 죽어 가는 것뿐이었다. 조금도 소란스럽지 않았다.

뻣뻣하게 얼어붙은 시체 하나하나에서 엘리위젤은 자신을 보았다. 얼마 후에는 그 시체들을 볼 수 없으리

라. 그 역시 그들 중의 하나가 될 것이 빤한 노릇이었기 때문에. 그것은 시간문제였다.

"아버지, 가요. 그 창고로 가요……."

아버지는 대답하지 않았다. 아버지 역시 시체들을 외면하고 있었다.

"아버지, 어서 가요. 거기가 더 낫겠어요. 서로 번갈아 가며 누울 수도 있을 테니까요. 제가 아버지를 돌봐드리고, 그 다음엔 아버지가 절 돌봐주신다면 둘이 다 잠에 떨어지는 일은 없을 거예요. 우린 서로 보살필 수 있어요."

아버지도 그 의견에 따랐다. 모두는 살아 있는 사람들과 죽어있는 시체들을 밟으며 간신히 창고 속으로 다시 들어갔다. 모두는 거기에서 주저앉았다.

"얘야, 조금도 걱정할 것 없다. 어서 자거라, 넌 자도 돼. 내가 너를 지켜줄 테니까."

"아니에요. 아버지가 먼저 주무세요. 어서요."

아버지는 거절했다. 엘리위젤은 드러누워 조금만 자려고 했지만, 도저히 그럴 수는 없었다. 잠깐 잠을 자는 동안에 어떤 대가를 치르게 되리라는 것은 하나님이 알고 있을 것이다. 그러나 그는 마음속으로 잠을 잔다는 것은 곧 죽음을 의미한다는 것을 느끼고 있었다.

그리하여 그의 내부에서는 그 죽음에 저항하는 어떤 것이 있었다. 주위에서 죽음은 난폭하지 않게 조용히 이곳저곳으로 옮겨 다니고 있었다. 죽음은 잠자코 있는 사람들을 엄습하여 그들 속으로 들어가서는 그들의 생명을 조금씩 소멸시키는 것이었다. 가까운 곳에서, 어떤 사람이 자기 곁에서 잠들고 있는 자기의 형, 아니면 친구인지도 모를 사람을 깨우려고 애를 쓰고 있었다. 그러나 끝내 깨우지 못하고 말았다. 그 역시 자기의 누울 순서에 따라 시체 옆에 누워 잠이 들고 마는 것이었다. 이제 그를 깨울 사람은 누구란 말인가? 엘리위젤은 팔을 뻗쳐 손으로 그를 흔들었다.

"일어나세요. 여기서 잠들면 안돼요……."

그 사람은 반쯤 눈을 떴다.

"충고는 필요 없어."

그가 기어드는 목소리로 말했다.

"난 지쳤어. 날 내버려둬. 상관하지 말구."

아버지도 소리 없이 꾸벅꾸벅 졸고 있었다. 아버지는 모자로 얼굴을 덮고 있었으므로 그의 눈을 볼 수가 없었다.

"일어나세요."(17호 계속)

명언 탐색(5)

김홍성

겸손한 사람만큼 강한 자는 없다. 겸손한 사람은 스스로를 벗어나 신과 하나가 된다.

겸손은 강하다

이 세상에 물만큼 유순하고 순수한 것은 없다. 그러나 어떤 강하고 굳은 것이라도 물이 그 위에 떨어지면 뚫어지고 만다. 약한 자는 강한 자를 이긴다. 세상의 모든 사람은 그런 이치를 잘 알면서도 그대로 해보려 하지 않는다.-노자

환경에 폭력을 가하면 환경도 그에게 폭력을 가한다. 환경에 순종하면 환경도 그에게 순종한다. 현재의 환경이 당장은 이롭지 못할 경우라도 결코 무시하지 말고 자연의 순리에 맡겨라. 환경에 역행하는 자는 노예가 되고 환경에 순종한 자는 주인이 된다.—탈무드

성자는 공을 세울 때 남의 눈에 감추고 그것이 남에게 알려지지 않더라도 슬퍼하지 않는다.—공자

현재의 처지에 만족하는 자는 강하다. 그러나 인간 이상의 높은 것을 바랄 때는 약하게 된다.—루소

가장 약한 사람은 가장 강한 사람을 이긴다. 겸손의 덕은 위대하고 침묵의 덕은 유익하다. 그런데 세상에는 겸손한 사람이 몇몇밖에 없다.

겸손의 덕을 쌓은 사람은 원추형의 정점에서 아래쪽으로 내려오는 것과 같아 아래로 내려올수록 공의 둘레는 넓어진다.

사람은 겸손할수록 자유롭고 강하게 된다.

자기완성은 인간이 본성으로 향하는 일이다. 그가 바른 사람이면 현재 자신의 덕성에 결코 만족하는 일이 없다.

선에 대한 자신의 능력을 배가하라. 신은 인간의 심성에 충분할 정도의 완전한 선을 두신 것이 아니다. 단지 선에 대한 보증이 있을 뿐이다. 자신에 의하여 자신을 보다 선하게 가꾸어 가려는 노력만이 인생의 목적

이 되어야 한다.—칸트

　기독교 사회에서는 누구도 스승이 될 수 없으며 또한 아무도 제자의 위치에 처하지도 않는다. 누구나 스승이며 동시에 제자이다. 그러므로 끊임없이 전진하고 한없이 완성될 수 있는 것이다.
　벗이여! 항상 배우는 자세를 가져라. 배움에는 나이가 문제되지 않는다. 자신의 능력이 충분히 성숙되고 또 발달되어 있다고 생각지 말라. 자신의 성품과 정신이 충분한 형식에 도달했고 그래서 더 이상 나아갈 수 없다고도 생각지 말라. 기독교도에게 졸업(卒業)이란 없다. 묘지에 가는 날까지 배우는 것이다.—고골리

　깊은 사색은 때로 커다란 비애를 경험하게 한다. 덕성은 상한만큼 비애가 크다. 세속적이고 육욕으로 사는 사람은 이해할 수 없다. 선한 일에 희망을 가질 수 없게 된다면 결국 세상의 질서를 지배하는 신에게 불만을 품게 될 것이다.
　인간이 신에 대한 의식은 신이 세상의 삶에 아무리 많은 고통을 맡겨 주더라도 신에게 만족하며 순복하는 일이 중요하다. 그 이유는 인생이 무거운 짐을 지고도

용기를 잃지 않기 위함이다. 그리고 또 하나의 이유는 인간이 운명에만 죄를 돌리고 자신의 허물을 외면하는 오만으로부터 구원하기 위함이다.—칸트

나쁜 습관은 물론 이기주의로부터 자신을 멀리 하라. 자기만의 만족을 금하고 자기 과시나 사랑을 강요하지 말라. 남을 위해 아무 것도 하고 싶지 않으면 하지 않아도 좋다. 그러나 자기만을 위해 행동하는 것도 하지 않아야 한다.

높은 덕성을 얻으려면 먼저 자기완성을 염두에 두라. 그리고 칭찬을 받기 위해 일하지 말라.

지상의 모든 것을 소유하기보다, 하늘나라로 가기보다, 온 세상을 지배하기보다 먼저 성자에게 한 걸음 가까이 가는 기쁨을 택하라.   —칸트

어떤 사람이 이렇게 말했다.
"랍비여! 저는 당신을 따르겠습니다. 그러나 그러기에 앞서 집안사람들에게 작별 인사를 하도록 허락해 주십시오"

그리스도는 대답했다.

"손에 호미를 들고 뒤를 돌아보는 자는 하나님 나라에 합당치 않다"—성경

자기완성에 최선을 다 하는 사람은 오직 앞만 보고 나간다. 자기가 한 일을 되돌아보는 사람은 제자리에 머물러 있는 사람이다.

어떤 지식보다도 인생을 인도할 수 있는 지식이 중요하다.

인생의 규범에 대한 인식은 매우 중요하다. 자기완성으로 이끌어 주는 지식은 제 1의 지식이다. —스펜서

학문의 발달은 덕성의 정화(淨化)와는 일치하지 않는다. 이전에는 모든 민족의 학문 발달은 그 민족의 발달과 일치했다고 말할 수 있지만 오늘날에 있어서는 그 반대이다. 공허하며 기만적인 지식을 참된 그리고 높은 지식과 혼돈해서는 안 된다. 학문은 가장 빛나는 의미에서 충분히 존경할 만한 가치가 있다. 그러나 오늘날의 학문은 단지 어리석은 자들의 학문이며 익살스럽고

멸시할 만한 것밖에는 아무 것도 아니다.—루소

　사고의 방향이 바로 잡히지 않는 한, 의지도 바르지 못하다. 왜냐하면 의지는 사고의 결과로 나타나는 것이기 때문이다. 그리고 사랑의 방향은 모든 인생의 규범 위에 기초를 두고 정의의 관점에서 다루어질 때만 선한 것이 된다.—세네카

　행위가 올바르지 못하면서 학문이 있다는 사람의 언사는 조심해 들어야 한다. 행위가 올바른 사람은 비록 벽에 낙서를 하더라도 가르침을 줄 수 있다. —사아디

김홍성

* 여의도순복음교회 22년 시무
* 기독교하나님의 성회 교단총무
* 현) 상록에벤에셀교회 담임목사

한국인의 탈무드 속담

유대인들은 탈무드로 지혜를 가르친다지만 우리에게는 속담이 있어 지혜와 삶의 규범을 배우고 익힌다.

이 지구상에서 머리가 가장 좋은 조상을 모시고 역사를 이어온 민족이 대한민국이라고 자부한다. 문자로는 한글이 세계 제일이며 우리 외에 다른 나라에 온돌방이 있다는 말 들어 보았는가?

우리 조상님들이 온돌방을 만들어 놓은 지혜는 실로 놀랍다. 부엌에 부뚜막을 만들고 거기 솥을 걸어 아궁이에 불을 때서 음식을 짓는다. 그렇게 불을 때는 열을 방에다 구들을 놓고 열로 방바닥을 따뜻하게 데우도록 설계했다.

우리 속담에 도랑 치고 가재 잡기, 누이 좋고 매부 좋고, 마당 쓸고 동전 줍기라는 속담이 바로 밥 해먹고 방 데우기이니 그야 말로 양수 겹장 일석이조가 아닌가.

한국을 다녀간 동서 외국인들이 모두 온돌방 기능에 감탄하고 자기 나라에 가서 온돌방을 만든다고 하니 우리 조상님들의 지혜에 감복하지 않을 수 없다.

우리 속담은 조상님들이 주신 삶의 지혜며 지적 재산입니다. 이 '울타리' 안에 들어온 독자님과 어울려 조상님들께 감사드리고자 전래 속담을 모아 올립니다.

(발행인)

가 ∅

가난은 나라도 못 구한다

가는 날이 장날이다

가는 말이 고와야 오는 말이 곱다

가랑비에 옷 젖는 줄 모른다

가재는 게 편이다

가지 많은 나무에 바람 잘 날 없다

간에 붙었다 쓸개에 붙었다 한다

갈수록 태산이다

강 건너 불구경하듯 한다

같은 값이면 다홍치마다

개구리 올챙이 적 생각 못 한다

게 눈 감추듯 한다

계란으로 바위 치기

고래 싸움에 새우등 터진다

고생 끝에 낙이 온다

고양이에게 생선을 맡기다

공든 탑이 무너지랴

과부 설움은 홀아비가 안다

구관이 명관이다

구더기 무서워 장 못 담글까

구슬이 서 말이라도 꿰어야 보배다
궁지에 몰린 쥐가 고양이를 문다
귀에 걸면 귀걸이, 코에 걸면 코걸이
그림의 떡
긁어 부스럼 만든다
금강산도 식후경
꼬리가 길면 밟힌다
꿩 대신 닭
꿩 먹고 알 먹기

나 ∅

나는 바담 풍 해도 너는 바람 풍 해라
남의 떡이 더 커 보인다
낫 놓고 기역 자도 모른다
낮말은 새가 듣고 밤말은 쥐가 듣는다
누워서 침 뱉기
누이 좋고 매주 좋고

다 ∅

다 된 밥에 재 뿌리기
달면 삼키고 쓰면 뱉는다:
닭 쫓던 개 지붕 쳐다본다
도토리 키 재기

돌다리도 두들겨 보고 건너라

되로 주고 말로 받는다

될성부른 나무는 떡잎부터 알아본다

등잔 밑이 어둡다

땅 짚고 헤엄치기

떡 줄 사람은 생각도 않는데 김칫국부터 마신다

똥 묻은 개가 겨 묻은 개 나무란다

뛰는 놈 위에 나는 놈 있다

마 ∅

마당 쓸고 동전 줍기

마른하늘에 날벼락

말 한마디에 천 냥 빚도 갚는다

모로 가도 서울만 가면 된다

목마른 사람이 우물 판다.

못 오를 나무는 쳐다보지도 마라

무소식이 희소식이다.

물에 빠진 사람 건져주니 보따리 내놓으라 한다

미운 놈 떡 하나 더 준다

믿는 도끼에 발등 찍힌다

밑 빠진 독에 물 붓기.

바 ∅

바늘 가는 데 실 간다
바늘 도둑이 소도둑 된다
발 없는 말이 천 리 간다.
방귀 뀐 놈이 성낸다
배보다 배꼽이 더 크다
백지장도 맞들면 낫다
뱁새가 황새 따라가다 가랑이 찢어진다
벼는 익을수록 고개를 숙인다
병 주고 약 준다
보기 좋은 떡이 먹기도 좋다
부뚜막의 소금도 넣어야 짜다

사

사공이 많으면 배가 산으로 간다
서당 개 삼 년이면 풍월을 읊는다
세 살 버릇 여든까지 간다
소 잃고 외양간 고친다
쇠뿔도 단김에 빼라
수박 겉 핥기
숭어가 뛰니 망둥이도 뛴다
시작이 반이다.
식은 죽 먹기

십 년이면 강산도 변한다

아 ∅

아는 길도 물어가라

아니 땐 굴뚝에 연기 날까

안에서 새는 바가지 밖에서도 샌다

앓던 이가 빠진 것 같다

얌전한 고양이가 부뚜막에 먼저 올라간다

어물전 망신은 꼴뚜기가 시킨다

언 발에 오줌 누기

업은 아이 삼 년 찾는다

열 길 물속은 알아도 한 길 사람 속은 모른다

열 번 찍어 안 넘어가는 나무 없다

오르지 못할 나무는 쳐다보지도 마라

옥에 티

옷이 날개다

원숭이도 나무에서 떨어진다

윗물이 맑아야 아랫물도 맑다

자 ∅

자라 보고 놀란 가슴 솥뚜껑 보고 놀란다

작은 고추가 더 맵다

젊어서 고생은 사서도 한다

쥐구멍에도 볕 들 날 있다
지렁이도 밟으면 꿈틀한다

차 ∅
천 리 길도 한 걸음부터
차 지나간 뒤 손 흔들기

카 ∅
칼로 물 베기
콩 심은 데 콩 나고 팥 심은 데 팥 난다
코빼기도 안 보인다

타 ∅
티끌 모아 태산
토끼 꼬리만큼

파 ∅
파리 목숨이지

하 ∅
하늘이 무너져도 솟아날 구멍이 있다
호박에 금 긋는다고 수박 되나
호랑이를 잡으려면 호랑이 굴로 들어가라
호랑이 등 탄 신세

품격品格

사람에게 '품격(品格)'이 있듯 이 꽃에도 '화격(花格)'이 있습니다.

눈 속에서 꽃이 핀다 하여

* 매화가 1품이오.

서리 맞고 꽃이 핀다 하여

* 국화가 2품이오.

진흙 속에서 꽃이 핀다 하여

* 연꽃이 3품.

북향으로 떠난 님을 위해 오롯이 북쪽을 향해서만 꽃이 핀다 하여

* 목련이 4품이오.

가시가 돋아나 스스로 꽃을 지킨다 하여

* 장미가 5품이라.

사람에게도 품격의 등급이 있다. 알아듣기 쉽게 대화 형식을 빌려 스승과 제자의 대화를 듭니다.

"스승님! 같은 이름의 물건이라도 그 품질에 상하가 있듯이 사람의 품격에도 상하가 있지 않습니까?"

"그렇지."

"하오면 어떠한 사람의 품격을 '하(下)'라 할 수

있겠습니까?”

“생각이 짧아 언행(言行)이 경망(輕妄)하고 욕심(慾心)에 따라 사는 사람을 ‘하지하(下之下)’라 할 수 있지.”

“그보다 조금 나은 사람은 어떤 사람입니까?”

“재물과 지위에 의존하여 사는 사람의 품격은 ‘하(下)’라 할 수 있고 지식과 기술에 의지하여 사는 사람은 ‘중(中)’이라 할 수 있을 것이니…….”

“그러면 ‘상(上)’의 품격을 지닌 사람은 어떠한 사람입니까?”

자기 분복에 만족하고, 정직하게 사는 사람의 품격을 중상(中上)이라 할 수 있으며, 덕과 정을 지니고 지혜롭게 사는 사람의 품격을 ‘상(上)’이라 할 수 있으리라.”

“그러하오면 ‘상지상(上之上)’의 품격을 지닌 사람은 어떠한 사람입니까?”

살아 있음을 크게 기뻐하지도 않고, 죽음이 목전에 닥친다 해도 두려워하거나 슬퍼하지 않으며, 그것이 천명(天命)이라 여기고 겸허하게 받아들일 수 있는 사람이라면 히 ‘상지상(上之上)’의 품격을 지닌 사람이라 할 수 있을 것이다.”

인생 최대의 선물

꽃은 아무리 아름다워도 계절이 지나면 시들지만 인연의 향기는 한평생 잊히지 않습니다. 사라져 가는 것은 아름답다. 연분홍 벚꽃이 떨어지지 않고 항상 나무에 붙어 있다면 사람들은 벚꽃 구경을 가지 않을 것이다.

활짝 핀 벚꽃들도 열흘쯤 지나면 아쉬움 속에서 하나둘 흩어져 떨어지고 만다. 사람도 결국 나이가 들면 늙고 쇠잔해져 간다. 사람이 늙지 않고 영원히 산다면 무슨 재미로 살겠는가? 이 세상 가는 곳곳마다 사람들이 넘쳐나 발 디딜 틈도 없이 말 그대로 이 세상은 살아 있는 생지옥이 될 것이다.

사라져 가는 것에 아쉬워하지 마라. 꽃도, 시간도, 사랑도, 사람도 결국 사라지고 마는 것을. 사라져 가는 것은 또 다른 것들을 잉태하기에 정말 아름다운 것이다.

가슴 따뜻한 '친구' 인생 팔십(傘壽)이 되면 가히 무심이로다. 흐르는 물은 내 세월 같고 부는 바람은 마음 같고 저무는 해는 내 모습과 같으니 어찌 늙어 봄 없이 늙음을 말하는가.

육신이 칠팔십이 되면 무엇인들 성하리오. 둥근 돌이 우연일 리 없고 오랜 나무가 공연할 리 없고 지는 낙엽이 온전할 리 없으니, 어찌 늙어 봄 없이 삶을 논하는가.

인생 칠팔십이 되면 가히 천심(千心)이로다. 세상사 모질고 인생사 거칠어도 떠가는 구름 같으니 누구를 탓하고 무엇을 탐하리오. 한평생 살면서 옳은 친구 한 명만 있어도 성공한 삶을 살았다고 한다.

공자가 말하기를! 주식형제천개유(酒食兄弟千個有) 술 마실 때 형제하는 친구는 많아도 급난지붕일개무 (急難之朋一個無) 급하고 어려울 때 도와주는 친구는 하나도 없다고 했다.

내가 죽었을 때 술 한 잔 따라주며 눈물을 흘려줄 그런 친구가 과연 몇 명이나 있을까?

잠시 쉬었다 가는 인생, 어쩌면 사랑하는 인연보다 더 소중한 사람이 노년의 친구가 아닐까? 살면서 외롭고 힘들고 지칠 때 따뜻한 차 한 잔에 우정과 마음을 담아주는 그런 친구가 당신 곁에 몇 명이나 있는가?

인생에서 가장 큰 선물은 가슴 따뜻한 친구다

교황 레오 14세

1975년 충격적인 결정을 내린 인물.

페루의 가장 가난한 마을을 섬기기 위해 하버드 법대 입학을 포기한 인물이 제267대 교황이 되었다.

- 고대 잉카어 구사
- 가난한 사람들을 돕기 위해 8시간 동안 걷기
- 최초의 미국인 선출

새로 선출된 교황 로버트 프레보스트의 알려지지 않은 이야기.

1975년, 로버트 프레보스트는 시카고 수학 교사, 독실한 가톨릭 신자, 하버드 법대에 합격. 그는 젊은이가 꿈꿀 수 있는 모든 것을 다 가졌지만 아무도 예상하지 못한 결정을 내렸다. 그는 하버드를 거절했다.

6자리 숫자의 미래(6자리 숫자의 연봉 $100,000 ~ $999,999 annually)을 거부했다. 명성도 거부했다. 안락함도 거부했다. 그리고 누구도 감히 선택할 수 없는 것을 선택했다. 완전한 순종의 삶. 그는 선교 단체에 합류하여 페루로 이주했다.

도시도, 관광 명소도 아니었다. 치료 가능한 질병으

로 아이들이 죽어가는 가장 외딴 마을로 갔다. 그리고 가족들은 식수를 구하기 위해 몇 마일을 걸었다. 도로도 없었고 흐르는 물도 없고 와이파이는 물론 없고 산만 있을 뿐이었다.

침묵과 가난. 하지만 그는 그곳을 집처럼 받아들였다. 로버트는 사람들 사이에서만 살지 않았다. 그는 그들 중 하나가 되었다.

- 잉카인들의 신성한 언어인 케추아어(Quechua)를 배웠다.
- 며칠 동안 걸어서 식량을 운반했다.
- 마을 사람들과 함께 흙바닥에서 잠을 잤다.
- 별빛 아래서 기도했다.

대피소를 짓지 않을 때는 그는 부서진 지붕 아래에서 맨발로 아이들에게 수학을 가르쳤다. 가르치지 않을 때는 병든 사람들을 당나귀에 태워 치료를 받으러 다녔다. 그는 아무도 귀 기울이지 않는 이야기에 귀를 기울였다. 고향의 친구들이 변호사와 의사가 되는 동안 그는 완전히 다른 사람이 되었다.

- 진정한 목자, 형제가 되었고 조용한 믿음의 전사, 그리고 서서히 그의 삶과 전설은 퍼져나갔다. 그의 행적은 방송되지는 않았지만 안데스 산맥에 울려 퍼졌다.

주교들이 알게 되었고, 사제들이 알아차렸고, 그리고 마침내 바티칸이 주목하게 됐죠. 아우구스티누스 수도회 전체 지도자로 그를 다시 불러들였다. 한 마을을 섬기는 일부터 40여 개국 2,800명의 형제들을 감독하는 자리까지. 여전히 그는 같은 샌들을 신었다. 여전히 그는 가난한 사람들과 함께 걸었다. 여전히 사치를 거부했다. 그러던 중 모든 것을 바꾼 부름이 왔다.

로마에서 그를 불렀다. 2020년에 그는 대주교로 임명되어 전 세계의 다른 주교들을 다스리는 임무를 맡게 되었다. 드문 일이었다. 하지만 로버트는 단순히 기존 방식만 추구하지 않았다. 그는 라틴어나 교회법에만 능통한 것이 아니었다.

그는 '연민'에 매우 남달랐다. '겸손' '경청' '자존감'을 몸소 보여주었다.

바티칸은 단순한 사제를 본 것이 아니다. 그들은 영혼을 가진 지도자를 본 것이다. 2023년 9월 30일. 프란치스코 교황이 이를 공식화했다. 로버트 프레보스트가 추기경으로 임명되었다.

교황보다 한 단계 아래인 추기경, 그리고, 2025년 역사가 만들어졌다. 사상 최초로 미국인 전직 수학 교사, 잊혀진 이들을 위한 선교사, 가톨릭교회의 제267

대 교황으로 추대되었다.

그는 자신을 만들어준 사람들을 잊지 않았다. 오늘날까지도. 로버트 교황은 지금도 같은 마을을 방문하여 케추아어로 기도한다.

여전히 흙바닥에 앉아 노인들의 손을 조용히 잡아준다. 그가 믿는 리더십은 지위가 아니라 존재'에 관한 것이다.

세상은 권력에 집착한다. 하지만 로버트 프레보스트는 단언했다:

- 봉사 없는 칭호는 아무 의미가 없다.

- 사랑 없는 지식은 쓸모가 없다.

- 희생이 없는 믿음은 소음에 불과하다.

그는 세상 명예를 거절했고 세상을 바꾸었다.

천국을 소유하는 조건

케냐 나이로비에 '존 다우'라는 소년이 있었습니다. 어머니가 죽고 나서 아버지의 심한 학대와 매질로 집을 뛰쳐나와 거지가 되었습니다.

소년은 다른 거지 아이들처럼 길거리에서 구걸을 했는데, 매일 주린 배를 채우기 위해 지나가는 차가 신호를 받고 있거나 잠시 정차되어 있는 차에 손을 쑥 내밀어 도와달라고 애걸하는 것이었습니다.

어느 날 '존 다우'는 여느 날처럼 갓길에 주차되어 있는 차로 다가갔습니다. 사실 이러한 거지 소년들을 사람들이 골칫거리로 여기고 있었습니다.

그것은 대부분이 이들 아이들을 도둑들로 보고 있었기 때문입니다. 그렇지만 한 조각의 빵을 사기 위해 '존 다우'는 그날도 차안으로 손을 쑥 내밀었습니다.

그 차에는 어떤 여성이 타고 있었습니다. 그녀는 휴대용 산소호흡기에 의지해 힘겹게 숨을 쉬고 있었습니다. 소년은 그녀의 모습에 멈칫하며 놀랐습니다. 그리고 물었습니다.

"왜 이런 걸 끼고 있어요?"

그러자 그녀는 이렇게 말했습니다.

"나는 이게 없으면 숨을 쉴 수 없어 살아갈 수 없단다. 사실 수술을 받아야 하지만 나에게는 그럴 만한 돈이 없단다."

그러자 소년의 눈에서 눈물이 흘러 내렸습니다. 이 여자는 '글래디스 카만데(Gladys Kamande)'라는 여성이었는데 남편의 심한 구타로 폐를 다쳤습니다.

소년은 거리에서 구걸하며 살아가는 자신보다 더 어려운 사람이 세상에 있다는 사실을 깨닫고, 이 여자에게 "제가 잠깐 기도를 해 드려도 될까요?" 하며 제의를 했습니다.

그리곤 여자의 손을 잡고 가슴 깊이 뜨거운 기도를 시작했습니다.

"하느님 제발 이분의 병을 낫게 해 주세요."

기도하는 동안에도 소년의 눈에서 눈물이 계속 흘러 내렸습니다. 그리곤 그간 구걸해 주머니 속 깊이 넣어둔 얼마 되지 않는 자신의 전 재산인 돈을 그 여자의 손에 쥐어 주었습니다.

"아주 작은 돈이지만 수술비에 보태 쓰세요."

이 광경을 처음부터 계속 지켜보던 한 시민에 의해 사진과 사연이 SNS상에 공개 되었습니다. 이러한 이야기는 삽시간에 전 세계로 퍼져나갔고 이 여자의 수술비가 무려 8천만 $이 훨씬 넘게 모아졌습니다.

소년의 간절한 기도에 대한 하느님의 응답은 실로 대단한 결과를 가져다주었고, 이 여자는 인도에서 무사히 수술을 잘 받아서 건강을 되찾을 수 있었습니다.

수술 후, 이 여자는 곧 바로 그 소년을 찾았습니다. 하지만 소년은 그간 인터넷을 통하여 잘 알려지게 되어, '니시'라는 아주 마음 좋은 어느 부유한 여자 분이 이 소년을 아들로 입양했습니다.

세상 사람들은 마음을 비우면 비로소 보이고, 비우고 나면 다시 무언가 채워진다 하였습니다.

바로 이 소년처럼 마음과 물질이 아닌 심령 깊이 모두를 비워내다 못해 긍휼과 사랑으로 가난하게 되어야 천국을 소유하게 되는 조건이 되는 것입니다.

많이 쓰이는 외래어(매회 보완)

이 경 택

가스라이팅(gaslighting)=뛰어난 설득을 통해 타인 마음에 스스로 의심을 불러일으키고 현실감과 판단력을 잃게 만듦으로써 그 사람에게 지배력을 행사하는 것

갈라쇼(gala show)=기념이나 축하하기 위해 여는 공연

갤러리(gallery)=미술품을 진열, 전시하고 판매하는 장소, 또는 골프 경기장에서 경기를 구경하는 사람

갭(gap)=틈, 간격, 공백, 차이, 격차

거버넌스(governance)=민관협력 관리, 통치

걸 크러쉬(girl crush)=여성이 같은 여성의 매력에 빠져 동경하는 현상

그라데이션(gradation)=하나의 색상을 다른 색상으로 점차 변화시키는 효과, 색의 계층

그래피티(graffiti)=길거리 그림, 길거리의 벽에 붓이나 스프레이 페인트를 이용해 그리는 그림

그루밍(grooming)=화장, 털손질, 손톱 손질 등 몸을 치장하는.

글로벌 쏘싱(global sourcing)= 세계적으로 싼 부품을 조합하여 생산단가 절약

내비게이션(navigation)=① (선박, 항공기의)조종, 항해
② 오늘날(자동차 지도 정보 용어로 쓰임)

노멀 크러쉬(nomal crush)=소박이 행복하다고 느끼는 정서

노블레스 오블리주(noblesse oblige)=지도층 인사들에게
요구되는 도덕적 의무

노스탤지어(nostalgia)=지난 날에 대한 그리움이나 향수

뉴트로(new+retro〉 newtro)=새로움과 복고의 합성어
로 새롭게 유행하는 복고풍 현상

님비(NIMBY. not in my backyard)현상=지역 이기주
의 현상(혐오시설 기피 등)

더치 페이(dutch pay)=비용을 각자 부담하는 것을 이르
는 말

더티 플레이(dirty play)=속임수 따위를 부리며 정정당당
하지 못한 태도로 행동하는 것

데모 데이(demo day)=시연회 날

데이터베이스(database)=정보 집합체, 컴퓨터에서 신속
한 탐색과 검색을 위해 특별히 조직된 정보 집합체, 여
러 사람에 의해 공유되어 사용될 목적으로 통합하여
관리되는 자료 집합

데미지(damage)=손상, 피해, 훼손, 악영향, 손상을
주다, 피해를 입히다, 훼손하다

데자뷰(deja vu): 처음 경험 임에도 불구하고 이미 본 적

이 있거나 경험한 적이 있다는 이상한 느낌이나 환상.
프랑스어로 "이미 보았다"는 뜻.

도그마(dogma)=독단적인 신념이나 학설, 이성적 비판이
허용되지 않는 교리, 교조, 교의 등을 통틀어 이르는 말

도어스테핑(doorstepping)=출근길 문답, 호별 방문

도파민(dopamine)= 중추신경계에 존재하는 신경전달물
질의 일종으로 의욕, 행복, 기억, 인지, 운동 조절 등
뇌에 다방면으로 관여함

도플갱어(doppelganger)=자신과 똑같이 생긴 사람이나
동물, 즉 분신이나 복제품

드래곤(dragon)=(신화 속에 나오는) 용

디자인 비엔날레(design biennale)=국제 미술전

디지털치매=디지털 기기에 지나치게 의존하여 기억력이
나 계산력이 크게 떨어진 상태를 일컫는 말

디폴트(default)=채무자가 공사채나 은행 융자, 외채 등의
원리금 상황 만기일에 지불 채무를 이행할 수 없는 상태

딥 페이크(deep fake)=인공지능 기술을 이용해 특정 인
물의 얼굴 등을 특정 영상에 합성한 편집물, 주로 가짜
동영상.

딩크 족(DINK, Double Income No Kids 의 약어)=정
상적인 부부 생활을 영위하면서 의도적으로 자녀를 두
지 않는 맞벌이 부부를 일컫는 말

라이브 커머스(live commerce)=실시간 방송 판매

랜덤(random)=무작위(의), 무계획(적인)/ 보통 어떤 사
  건이 규칙성이 보이지 않고 무작위로 발생한다는 것

랩소디(rhapsody)=광시곡, 자유롭고 관능적인 악곡 형식

레드 오션(red ocean)=붉은 바다. 이미 알려져 있어서
  경쟁이 매우 치열한 특정 산업내의 기존 시장을 비유
  하는 표현

레알(real)=진짜, 또는 정말이라는 뜻.

레트로(retro)=과거의 제도, 유행, 풍습으로 돌아가거나
  따라 하려는 것을 통칭하여 이르는 말

레퍼토리(repertory)=들려줄 수 있는 이야깃거리나 보여
  줄 수 있는 장기, 상연 목록, 연주 곡목

로드맵(roadmap)=방향제시도, 스케줄, 도로지도

로밍(roaming)=계약하지 않은 통신 회사의 통신 서비스
  도 받을 수 있는 것. 국제통화기능(휴대폰 출시)체계

루저(loser)=패자, 모든 면에서 부족하여 어디에 가든 대
  접을 못 받는 사람

리셋(reset)=초기 상태로 되돌리는 일

리얼리티(reality)=현실. 리얼리티 예능에서 쓰이는 경우,
  어떠한 인위적인 각본으로 짜여진 것이 아닌 실제 상
  황이나 인물들을 중심으로 이뤄지는 예능을 말함

리플=리플라이(reply)의 준말. 댓글 · 답변 · 의견

마스터플랜(masterplan)=종합계획, 기본계획

미스터리(mystery)=수수께끼, 신비, 불가사의

마일리지(mileage)=주행거리, 고객은 이용 실적에 따라 점수를 획득하는데 누적된 점수는 화폐의 기능을 한다

마조히스트(masochist)=성적으로 학대를 당하고 쾌감을 느끼는 사람

매니페스터(manifester)= 감정, 태도, 특질을 분명하고 명백하게 하는 사람(것)

매니페스토(manifesto)운동=선거 공약검증운동

머그샷(mugshot)=경찰에 체포된 범인을 식별하기 위해 촬영한 사진

메리트(merit)=장점, 이점, 가치, 자격/가치가 있다

메시지(message)=무엇을 알리기 위해 보내는 말이나 글

메카니즘(mechanism)=기계장치, 기구, 방법, 구조

메타(meta)=더 높은, 초월한 뜻의 그리스어

메타버스(metaverse)=현실세계와 같은 사회·경제·문화 활동이 이뤄지는 3차원 가상세계를 말함

메타포(metaphor)=행동, 개념, 물체 등의 특성과는 다른 무관한 말로 대체하여 간접적, 암시적으로 나타내는 은유법, 비유법으로 직유와 대조되는 암유 표현.

멘붕=멘탈(mental)의 붕괴. 정신과 마음이 무너져 내림

멘탈(mental)=생각이나 판단하는 정신. 또는 정신세계.

멘토(mentor)=현명하고 신뢰할 수 있는 상대이며 스승 혹은 인생 길잡이 역할을 하는 사람

모니터링(monitoring)=감시, 관찰, 방송국, 신문사, 기업 등으로부터 의뢰받은 방송 프로그램, 신문 기사, 제품 등에 대해 의견을 제출하는 일

모라토리움(moratorium)=한 나라 전체나 어느 특정 지역에 간급 사태가 발생한 경우에 국가 권력의 발동에 의하여 일정 기간 금전 채무의 이행을 연장시키는 일

미러클(miracle)=기적, 기적 같은 일. 경이로운 예

미션(mission)=사명, 임무

바운스(bounce)=튀다, 튀어 오름, 반동력, 탄력 의미

버블(bubble)=거품

베테랑(veteran)=(어떤 분야의) 전문가, 참전 용사, 재향 군인

벤치마킹(benchmarking)=타인의 제품이나 조직의 특징을 비교분석하여 그 장점을 보고 배우는 경영 전략 기법

벤틀리(Bentley)=영국의 최고급 수공 자동차 제조사 혹은 이 회사 만든 차량

보이콧(boycott)=어떤 일을 공동으로 받아들이지 않고 물리치는 일, 불매동맹, 비매동맹

브랜드(brand)=사업자가 자기 상품을 경쟁업체의 것과 구별하기 위하여 사용하는 기호·문자·도형 따위의

일정한 표지

브런치(Breakfast+Lunch)=아침 겸 점심으로 먹는 밥을 속되게 이르는 말. 어울참

블랙 컨슈머(black consumer)=악덕 소비자. 구매한 상품을 문제 삼아 피해를 본 것처럼 꾸며 악의적 민원을 제기하거나 보상을 요구하는 소비자

블루 오션(blue ocean)=푸른 바다. 아직 시도된 적이 없는 광범위하고 깊은 잠재력을 가진 시장 비유 표현

비주얼(visual)='시각적인'이라는 뜻. 한국에서는 사람의 외모를 가리키는 말로도 많이 쓰이는데, 가령 특정 집단에 속한 사람에게 '비주얼 담당'이라 하면 그중에 가장 외모가 뛰어나다는 뜻

사디스트(sadist)=가학성애자. 성적 대상에게 육체적, 정신적 고통을 줌으로써 성적 쾌락을 얻는 사람

사보타주(sabotage)=태업을 벌임. 노동쟁위, 의도적으로 일을 게을리 하여 사주에게 손해를 주는 방법

사이코패스(psychopath)=태어날 때부터 감정을 관장하는 뇌 영역이 처음부터 발달하지 않은 반사회적 성격장애와 품행장애를 가진 사람들을 지칭하는 데 주로 사용

세미(semi)=절반(切半), '어느 정도', '~에 준(準)하는 뜻

세미나 (seminar)=(교육을 위한) 토론회, 연구회

센세이션(sensation)=(자극을 받아서 느끼게 되는) 느낌,

많은 사람을 흥분시키거나 물의를 일으키는 것.

소셜 미디어(social media)=누리 소통 매체, 생각이나 의견을 표현하거나 공유하기 위해 사용하는 개방화된 인터넷상의 내용이나 매체

소셜 커머스(social commerce)=공동 할인구매. 소셜네트워크서비스(SNS)를 이용한 전자 상거래의 일종

소스(source)=원천, 근원, 출처, 정보원

소쓰(sauce)=(요리의) 액체 양념, 자극, 재미

소프트(soft)=부드러운

소프트파워(soft power)=문화적 영향력

솔루션(solution)=해답, 해결책, 해결방안, 용액

쇼핑몰(shopping mall)=여러 가지 물건을 한번에 살 수 있도록 상점이 모여있는 곳

스미싱(smishing)=문자메시지로 낚는다는 의미로 스마트폰으로 개인정보를 빼내서 범죄에 이용하는 것

스펙터클(spectacle)=(굉장한) 구경거리, 광경, 장관

스태그플레이션(stagflation)=경제 불황 속에서 물가상승이 동시에 발생하고 있는 상태

시너지(synergy)=(협동에 따른)상승 작용, 상승력, 협동작용

시놉시스(synopsis)=영화나 드라마의 간단한 줄거리나 개요. 주제, 기획의도, 줄거리, 등장인물, 배경 설명

시뮬레이션(simulation)=영화어떤 장치나 시스템의 동작이나 작용을 다른 장치를 이용해서 모의실험으로 알아보고 그 특성을 파악하는 것

시스템(system)=필요한 기능을 실현하기 위하여 관련 요소를 어떤 법칙에 따라 조합한 집합체.

시즌오프(season off)=철 지난 상품을 싸게 파는 일

시크리트(secret)=비밀

시트콤(sitcom)=시추에이션 코메디(situation comedy) 약자, 분위기가 가볍고, 웃긴 요소를 극대화한 연속극

시프트(shift)=교대, 전환, 변화

싱글(single)=한 개, 단일, 한 사람

아그레망(Agrement)=(대사·공사 파견에 대한) 주재국의 승인

아노미(anomie)=불안·자기 상실감·무력감 등에서 볼 수 있는 부적응 현상.

아웃쏘싱(outsourcing)=자체의 인력, 설비, 부품 등을 이용해 비용 절감과 효율성 증대를 목적으로 외부 용역이나 부품으로 대체하는 것

아웃렛(outlet)=백화점 등에서 팔고 남은 옷, 구두 등 패션 용품을 할인하여 판매하는 장소

아이쇼핑(eye shopping)=눈으로만 사고 싶은 물건들을 봄

아이템(item)=항목, 품목, 종목

아젠다(agenda)=의제, 협의사항, 의사일정

알레고리(allegory)=유사성을 적절히 암시하면서 주제를 나타내는 수사법. 즉 풍자하거나 의인화해서 이야기를 전달하는 표현방법

애드 립(ad lib)=(연극, 영화 등에서) 대본에 없는 대사를 즉흥적으로 만들어내는 것

어택(attack)=공격(하다), 습격(하다), 발병(하다)

어필(appeal)=호소(하다), 항소(하다), 관심을 끌다

언박싱(unboxing)=(상자, 포장물의) 개봉, 개봉기

얼리어답터(early adopter)=남들보다 먼저 신제품을 사서 써 보는 사람

에디터(editor)=편집자

에피소드(episode)=중요하거나 재미있는 사건,(라디오·텔레비전 연속 프로의) 1회 방송분

엑소더스(exodus)=(많은 사람들이 동시에 하는)탈출

엔터테인먼트(entertainment)=대중을 즐겁게 해주는 연예(코미디, 음악, 토크 쇼 등 오락)

오리지널(original)=기원. 모조품 등을 만드는 최초의 작품.

옴부즈(ombuds)=다른 사람의 대리인.(스웨덴어)

옴부즈맨(ombudsman)=정부나 의회에 의해 임명된 관리로, 시민들에 의해 제기된 각종 민원을 수사하고 해결해 주는 사람

워취(watch)=무언가를 주시하는 것, (휴대용) 시계

위즈덤(wisdom)=지혜, 슬기, 지식, 현명함, 타당성

유비쿼터스(ubiquitous)=도처에 있는, 사용자가 컴퓨터나 네트워크를 의식하지 않고 장소에 상관없이 자유롭게 네트워크에 접속할 수 있는 환경

이데올로기(ideology)=사람이 인간·자연·사회에 대해 규정짓는 현실적이면서 동시에 이념적인 의식의 형태

인서트(insert)=끼우다, 삽입하다, 삽입 광고

인센티브(incentive)=장려책, 우대책

젠트리피케이션(gentrification)=둥지 내몰림, 도심 인근의 낙후지역이 활성화되면서 임대료 상승 등으로 원주민이 밀려나는 현상

징크스(jinx)=재수 없는 일, 불길한 징조의 사람이나 물건, 으레 그렇게 될 수밖에 없는 악운으로 여겨지는 것.

챌린지(challenge)=도전하다. 도전 잇기, 참여 잇기.

치팅 데이(cheating day)=식단 조절을 하는 동안 정해진 식단을 따르지 않고 자신이 먹고 싶은 음식을 먹는 날

카르텔(cartel)=서로 다른 조직이 공통된 목적을 위해 일시적으로 연합하는 것, 파벌, 패거리

카오스(chaos)=천지 창조 이전의 혼돈(混沌) 상태

카이로스(Kairos)=기회를 잡을 수 있는 결정적 순간, 평생 동안 기억되는 개인적 경험의 시간을 뜻

카트리지(cartridge)=탄약통. 바꿔 끼우기 간편한 작은 용기. 프린터기의 잉크통

커넥션(connection)=연결, 연계, 연관, 접속, 관계

컨설팅(consulting)=전문지식을 가진 사람이 상담이나 자문에 응하는 일

컨셉트(concept)=개념

컨텐츠(contents)=(어떤 것의) 속에 든 것들, 내용들, 내용물들, 목차

컬렉션(collection)=수집, 집성, 수집품, 소장품

코스프레(cosplay, costume play)=만화나 애니메이션, 게임에 나오는 캐릭터의 의상을 입고 서로 모여서 노는 놀이이자 하위 예술 장르의 일종

콘서트(concert)=연주회

콘택(contact)=연락, 접촉, 닿음, 연락하다

콘셉(concept)=개념, 관념, 일반적인 생각

콘텐츠(contents)=내용, 내용물, 목차.

콜렉트 콜(collect call)=수신자 부담. 전화를 받는 사람이 전화요금을 지불하는 방법

콜 센터(call center)=안내 전화 상담실

쿠폰(coupon)=상품에 붙어있는 우대권 또는 교환권

퀄리티(quality)=품질, 질, 자질

퀴어(queer)= 기묘한, 괴상한 / 성소수자가 스스로를 나

타내는 말 가운데 하나

크로스(cross)=십자가(가로질러) 건너다(서로) 교차하다

키워드(keyword)=핵심어, 주요 단어(뜻을 밝히는데 열쇠
가 되는 중요하고 핵심이 되는 말)

테이크아웃(takeout)=음식을 포장해서 판매하는 식당이
아닌 다른 곳에서 먹는 것, 다른 데서 먹을 수 있게 사
가지고 갈 수 있는 음식을 파는 식당

트랜스젠더(transgender)=성전환 수술자

트러블매이커(troublemaker)=말썽꾼, 분쟁 야기자

트릭(trick)=속임수,(골탕을 먹이기 위한) 장난

텐션(tension)=긴장, 긴장 상태, 갈등,팽팽하게 하다

틱(tic)=의도한 것도 아닌데 갑자기, 빠르게, 반복적으로,
비슷한 행동을 하거나 소리를 내는 것

파노라마(panorama)=전경(全景), 특정 주제·사건 등
을 한 눈에 보여주는 묘사·연구·그림들

파라다이스(paradise)=걱정이나 근심 없이 행복을 누릴
수 있는 곳

파이터(fighter)=싸움꾼, 전투원, 전투기

파이팅(fighting)=싸움, 전투, 투지, 응원하며 잘 싸우라
는 뜻으로 외치는 소리

판타지(fantasy)=공상, 상상, (공상의) 산물

팔로우(follow)=따라가다, 뒤따르다/ 사회연결망서비스

상의 한 사람 또는 계정의 사진 글 등을 계속해서 따르
겠다, 계속 보겠다는 뜻. 유튜브의 '구독' 같은 개념.
블로그에서는 '이웃추가' 또는 친구추가와 같은 말

팔로워(follower)=팔로우를 하는 사람. 추종자, 신봉자,
팬 등의 의미. 어떤 사람의 글을 받아보는 사람

패널(panel)=토론에 참여하여 의견을 말하거나, 방송 프
로그램에 출연해 사회자의 진행을 돕는 역할을 하는
사람 또는 그런 집단.

패러독스(paradox)=역설, 옳은 것으로 보이나 이상한 결
론을 도출하는 주장, 논리적으로 모순을 일으키는 논증.

패러다임(paradigm)=생각, 인식의 틀, 특정 영역·시대의
지배적인 대상 파악 방법 또는 다양한 관념을 서로 연
관시켜 질서 지우는 체계나 구조를 일컫는 개념. 범례

패러디(parody)=특정 작품의 소재나 문체를 흉내 내어
익살스럽게 표현하는 수법 또는 그런 작품. 다른 것을
풍자적으로 모방한 글, 음악, 연극 등

팩트 체크(fact check)=사실 확인

팬덤(fandom)=특정 사람, 팀, 스포츠 등의 팬 들

퍼니(funny)=재미있는, 익살맞은, 우스운, 웃기는

퍼머먼트(permanent make-up)=성형 수술, 반영구 화
장:파마(=펌, perm)

포렌식(forensics)=법의학적인, 범죄과학수사의, 법정 재

판에 관한.

포럼(forum)=공개 토론회, 공공 광장, 대광장,

푸쉬(push)=민다, 힘으로 밀어붙이다. 누르기

프라임(prime)=최상등급. 주된, 주요한, 기본적인

프랜차이즈(franchise)=특정한 상품이나 서비스를 제공
하는 주제자가 일정한 자격을 갖춘 사람에게 일정지역
에서의 영업권을 줌.

프레임(frame)=틀, 뼈대 구조

프로테스탄트(protestant)=신교 신봉 교도(16세기 종교개혁
결과로 로마 가톨릭교회에서 떨어져 성립된 종교단체)

프리덤(freedom)=자유, 자유로운 상태

피드백(feedback)=되알림, 상대방에게 그의 행동 결과에
대한 정보를 제공해 주는 것

피케팅(picketing)=특정 주장을 다른 사람들에게 알리기
위해 그 해당 내용을 적은 널빤지를 들고 있는 행위

피톤치드(phytoncide)=식물이 병원균·해충·곰팡이에 저
항하려고 내뿜거나 분비하는 물질. 심폐 기능을 강화시
키며 기관지 천식과 폐결핵 치료, 심장 강화에도 도움
이 된다고 알려져 있다.

픽쳐(picture)=그림, 사진, 묘사하다

필리버스터(filibuster)=무제한 토론. 의회 안에서 다수파
의 독주를 막기 위해 합법적 수단으로 의사 진행함

하드(hard)=엄격한, 딱딱함, 아이스크림에 반대되는

하드 커버(hard cover)=책 표지가 두꺼운 것(책의 얇은
　표지는 소프트 커버)

헌터(hunter)=사냥꾼

허브(herb)=약초, 향초, 초본(草本)

호모 사피엔스(homo sapiens)=지혜(슬기)가 있는 사람
　이라는 뜻. 사람속(homo)에 속하는 생물 중 현존하는
　종만을 가리키는 것으로, 인류의 진화 단계를 몇 가지
　로 구분하였을 때 가장 진화한 단계임

휴먼니스트(humanist)=인도주의자

해킹(hacking)=다른 사람의 컴퓨터 시스템에 무단으로
　침입하여 데이터와 프로그램을 없애거나 망치는 일

해커(hacker)=해킹(hacking)을 하는 사람

허그(hug)=(사람을) 껴안다,포옹하다,(무엇을) 끌어안
　다, 껴안기, 포옹

힌트(hint)=넌지시 알려주는 것(알려주다)

빛과 어둠의 맞 초대

어둠은 빛을 이기지 못한다. 아니다 빛은 어둠을 이기지 못한다. 해가 내려다보면서 껄껄 웃으며 말했다. 바보 같은 것들 낮과 밤도 못 가리는 바보들.

밤이 낮을 초대했다. 낮은 정장하고 밤을 찾아갔다.
여보게 나 왔네. / 어서 오게 반가워 / 빛이 물었다/자네 어디 있는가? / 자네 앞에 있네 / 안 보이는데? / 자네 갑자기 장님이 되었는가? / 무슨 소리야 내 눈이 이렇게 번쩍이는데 / 그런데 왜 나를 보지 못하는가? / 이 사람 어디 숨어 있는 거야? / 숨다니, 난 자네한테 주려고 식탁을 이렇게 차렸는데 자네 미쳤군 / 어디다 식탁을 차렸다는 거야? / 기분 나빠서 난 가네. 내일 우리 집에 오시게. 진수성찬 차리고 기다리겠네. / 좋아 내일 점심은 자네 집에서 하지./ 고마우이 꼭 오시게.
그리하여 다음날 점심에 빛네 집을 찾아갔다. 빛이 상을 차려놓고 기다려도 어둠이 오지 않았다. / 이 사람 왜 안 오는 거야 / 이때 어둠이 말했다 / 나 왔네 / 빛이 물었다 / 어디 있는 거야? / 나 식탁에 앉았는데 안 보이는가?

알록 달록 리본 가족

전소은
(만 5세 어린이)

빨간색으로 만든 리본은
우리 엄마꺼
빨간색 도마도를 좋아하니까

보라색으로 만든 리본은

우리 아빠꺼
우리 아빠가 보라색 포도를
좋아하니까

분홍색으로 만든 리본은
내꺼
분홍색 색연필을 좋아하니까

주황색으로 만든 리본은
우리 소이꺼
귤을 좋아하니까

우리 가족은
알록달록. 리본 가족

<알록달록 리본 가족>

빨간색으로만든리본
은우리엄마께서 빨간색
토마토를좋아하니까
보라색으로만든리본은
우리아빠께서보라색포도를
좋아하니까

아빠 분홍색으로만든리본은
내꺼 분홍색색연필
을좋아하니까
...색으로만든리본은
리소이꺼
를좋아하니까

우리가족은
알록달록리본

5살 어린이가 지은 시라고 하니 믿을 수가 없네요. 글씨도 더 놀랍습니다. 정말일까? 그러나 작가 목사님 제자의 손녀 작품이라고 추천하셔서 믿고 소개합니다.

南谷畵廊

書畵家 紹介

南谷 李秉喜(서예가)
* 書畵 개인전 3회
* 서예교실
* 문인화 출강

하늘 사다리

동심문학가 **심광일**

심광일

한국아동문학연구회이사
한국동요음악협회 사무국장, 부회장 역임
전국아버지동화구연대회 대상 (문광부장관 상)
한국아름다운 글 문학상 수상, 한국동요음악대상
(작사부문) 동시집 「그래 나는 바보다」"
장편소설 「아버지의 눈물」

오체 서예

이병희

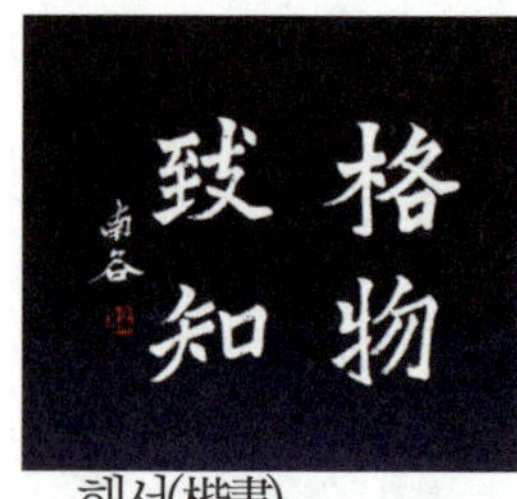

해서(楷書)

행서(行書)

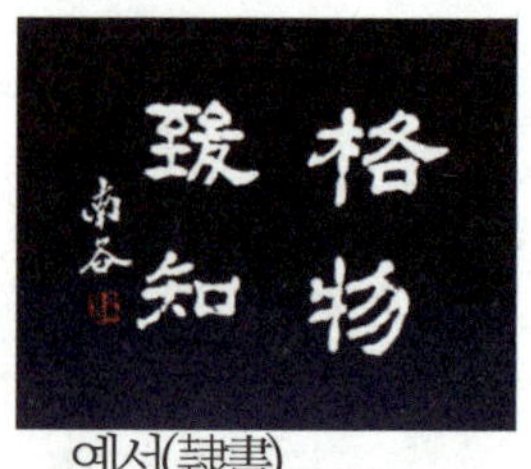

예서(隸書)

전서(篆書)

금문(金文)

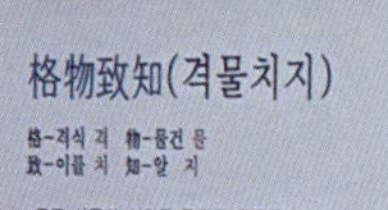

格物致知(격물치지)

格-격식 격 物-물건 물
致-이를 치 知-알 지

*모든 사물의 이치를 끝까지 파고들어 앎에
이르다

-사물의 본질을 깨달아 진정한 지식에 이르
다. 모든 앎은 사물의 본질을 깨닫는 데서
시작된다

사자성어

ㄱ

苛斂誅求 가 렴 주 구	세금을 가혹하게 징수함. 苛敛诛求
佳人薄命 가 인 박 명	용모가 아름다운 여자는 대개 운명이 기구함. 佳人薄命
刻骨難忘 각 골 난 망	은혜가 뼈에 새겨져 잊지 못함. 刻骨难忘
刻骨痛恨 각 골 통 한	원한이 뼈에 사무쳐 잊히지 않아 크게 한탄함. 刻骨痛恨
刻舟求劍 각 주 구 검	떠가는 배에서 칼을 떨어뜨리고 그 자리에 표시를 하였다가 배가 정박한 뒤에 표한 자리에서 칼을 찾는다. 미련해서 융통성이 없음을 비유. 刻舟求劍

艱難辛苦 간 난 신 고	온갖 고초를 겪음. 艰难辛苦
竿頭之勢 간 두 지 세	어려움이 극도에 달하여 꼼짝 못 하게 됨. 대 바지랑대 끝에 선 것 같음.　竿头之势
間於齊楚 간 어 제 초	약자가 강자 틈에 끼어 괴롬을 당함.　間於齐楚
看雲步月 간 운 보 월	객지에서 고향 생각을 하고 달 밤에 구름을 바라보며 거닒. 看云步月
渴而穿井 갈 이 천 정	목이 말라야 우물을 팜. 미리 준 비하지 않고 임박하여 급히 하 면 때가 늦어서 되지 않음. 渴而穿井
感慨無量 감 개 무 량	지나간 일이나 자취에 대해 느 끼는 회포가 한량없이 깊고 큼. 感慨无量
甘言利説 감 언 이 설	남의 비위를 맞추는 달콤한 말 과 이로운 조건만 들어 그럴 듯 하게 꾀는 말. 甘言利说

甘吞苦吐	달면 삼키고 쓰면 뱉음. 신의를 저버리고 욕심을 부림.
감 탄 고 토	甘吞苦吐

甲論乙駁	서로 논란하고 반박하는 일.
갑 론 을 박	甲论乙驳

康衢煙月	태평한 시대 큰 길거리의 아름다운 풍경.
강 구 연 월	康衢烟月

改過遷善	지나간 허물을 고치고 착하게 됨.
개 과 천 선	改过迁善

客窓寒燈	나그네의 숙소 창가에 비치는 싸늘한 등불. 즉 나그네의 외로운 신세를 비유.
객 창 한 등	客窗寒灯

去頭截尾	앞뒤의 사설을 빼고 요점만 말함.
거 두 절 미	去头截尾

居安思危	편안할 때에도 닥칠지 모를 위태로움을 생각하며 정신을 가다듬음.
거 안 사 위	居安思危

車載斗量	차에 싣고 말로 셀 만큼 물건이 흔하거나 많음.
거 재 두 량	车载斗量

乾坤一擲 건 곤 일 척	흥망을 걸고 단판걸이로 승부를 겨룸.	乾坤一擲
乾木水生 건 목 수 생	마른 나무에서 물을 짜내려 함.	乾木水生
乞兒得錦 걸 아 득 금	거지 아이가 비단을 얻다. 즉 분수에 넘치게 자랑함.	乞儿得锦
格物致知 격 물 치 지	주자학:본질이나 이치를 연구하여 후천적 지식을 닦음. 양명학:자기 생각의 잘못을 바로잡고 선천적인 양지(良知)를 닦음.	格物致知
隔世之感 격 세 지 감	딴 세대와 같이 몹시 달라진 느낌.	隔世之感
隔靴搔癢 격 화 소 양	신을 신고 발바닥을 긁는다는 뜻으로 일이 성에 차지 않음을 비유.	隔靴搔痒
牽强附會 견 강 부 회	말을 억지로 끌어 붙여 자기 의견을 합리화함.	牽强附会
見金如石 견 금 여 석	황금 보기를 돌같이. 고려 명장 최영(崔瑩)의 아버지가 가르쳤다는 교훈.	見金如石

| 見利思義 | 재물을 보면 의를 먼저 생각함. |
| 견 리 사 의 | 见利思义 |

| 犬馬之勞 | 자기의 노력을 낮추어 겸손히 일컬음. |
| 견 마 지 로 | 犬马之劳 |

| 見物生心 | 물건을 보면 욕심이 생김. |
| 견 물 생 심 | 见物生心 |

| 見危授命 | 나라가 위기에 빠졌을 때 자기의 목숨을 바침. |
| 견 위 수 명 | 见危授命 |

| 見而不食 | 보고도 먹지 못함. 그림의 떡. |
| 견 이 불 식 | 见而不食 |

| 犬兔之爭 | 개와 토끼가 싸우다 지쳐 죽은 걸 지나던 농부가 주워다 먹었다는 말. 제3자가 이익을 얻게 됨을 비유. |
| 견 토 지 쟁 | 犬兔之争 |

| 結者解之 | 묶은 자가 풀어야 한다는 뜻. |
| 결 자 해 지 | 结者解之 |

| 結草報恩 | 죽어 혼령이 되어도 은혜를 잊지 않고 갚음. |
| 결 초 보 은 | 结草报恩 |

| 經國濟世 | 나랏일을 잘하여 세상을 구함. |
| 경 국 제 세 | 经国济世 |

傾國之色	임금이 혹하여 나라가 뒤집혀
경 국 지 색	도 모를 만큼 예쁜 미인.
	倾国之色

耕當問奴	농사는 농부에게 묻는다. 무언이
경 당 문 노	든 전문가에게 묻음
	耕当问奴

| 驚天動地 | 하늘이 놀라고 땅이 흔들릴 만 |
| 경 천 동 지 | 큼 큰일. 惊天动地 |

| 鷄卵有骨 | 달걀에도 뼈가 있다. 뜻밖의 장애 |
| 계 란 유 골 | 를 이름. 鸡卵有骨 |

鷄鳴狗盜	전국시대 맹상군은 삼천식객을 거느
계 명 구 도	렸는데 맹상군이 위기에 빠졌을 때,
	식객들이 도둑과 닭 소리로 위기를 모
	면하였다는 고사에서 나온 말. 천한
	재주도 쓸모가 있음.
	鸡鸣狗盗

| 呱呱之聲 | 아이가 나면서 처음 우는 소 |
| 고 고 지 성 | 리. 呱呱之声 |

| 股肱之臣 | 임금이 가장 믿고 중히 여기는 |
| 고 굉 지 신 | 신하. 股肱之臣 |

孤軍奮鬪 고 군 분 투	적은 인원과 약한 힘으로 남의 도움도 없이 힘겨운 일을 해냄. 孤军奋斗
高臺廣室 고 대 광 실	높은 대에 있는 넓은 집. 매우 큰 집. 高台广室
孤立無援 고 립 무 원	외톨이가 되어 도움을 받을 데가 없음. 孤立无援
膏粱珍味 고 량 진 미	살찐 고기와 좋은 곡식으로 만든 맛있는 음식. 膏粱珍味
高山流水 고 산 유 수	높은 산과 흐르는 물. 高山流水
孤城落日 고 성 낙 일	외로운 성에 지는 해란 뜻으로, 세력이 다하여 의지할 데가 없는 외로운 처지를 비유. 孤城落日
姑息之計 고 식 지 계	근본 해결책이 아닌 일시적인 계책. 姑息之计
孤臣寃淚 고 신 원 루	임금의 사랑을 잃은 외로운 신하의 원통한 눈물. 孤臣冤泪

故心慘憺 고 심 참 담	매우 애를 쓰며 근심과 걱정을 많이 함. 故心慘憺
苦肉之計 고 육 지 계	어려운 사태를 벗어나기 위해 제 몸을 괴롭혀 가면서까지 짜내는 계책. 苦肉之計
苦盡甘來 고 진 감 래	고생 끝에 낙이 온다. 苦尽甘来
曲肱之樂 곡 굉 지 락	팔베개를 하고 자는 가난한 생활이라도 도에 살면 즐거움이 있음. 曲肱之乐
曲學阿世 곡 학 아 세	학문을 왜곡하여 세상을 어지럽히고 출세하려는 태도나 행동. 曲学阿世
骨肉相殘 골 육 상 잔	같은 형제끼리 서로 해치고 죽임. 骨肉相残
骨肉之情 골 육 지 정	가까운 친족끼리의 의로운 정분. 骨肉之情
骨肉之親 골 육 지 친	부모·자식·형제자매 등의 가까운 혈족. 骨肉之亲

公明正大 공 명 정 대	하는 일이나 태도가 떳떳하고 정당함. 公明正大
空中樓閣 공 중 누 각	공중에 누각을 짓듯 근거나 현실적 토대가 없는 사물을 이름. 空中楼阁
公平無私 공 평 무 사	바르고 공평하여 사사로움이 없음. 公平无私
過恭非禮 과 공 비 례	지나친 공손은 오히려 예의에 어긋남. 过恭非礼
瓜田李下 과 전 이 하	참외밭에서는 신끈을 매지 말고 오얏나무 아래서는 갓을 고쳐 쓰지 말라. 즉 남에게 의심 살 일을 말라. 瓜田李下

중국간자 (5)

수	输	輸=나를 수	输送/运输/输入
	寿	壽=목숨 수	献寿/长寿/万寿
	树	樹=나무 수	植树/树种/树林
	帅	帥=장수 수	将帅/统帅
	谁	誰=누구 수	谁何
	兽	獸=짐승 수	猛兽/禽兽/野兽
숙	肃	肅=엄숙 숙	肃然/严肃/静肃
술	术	術=꾀 술	施术/技术/术策
	述	述=지을 술	陈述/论述/敍述
승	胜	勝=이길 승	胜利/完胜/胜败
	绳	繩=줄 승	自绳自缚
식	识	識=알 식	知识/面识/识字
슬	虱	蝨=이 슬	
습	习	習=익힐 습	学习/习惯/练习
	湿	濕=축축할 습	湿气/湿度/温湿
	袭	襲=엄습할 습	袭击/被袭/夜袭
아	亚	亞=버금 아	亚细亚
	儿	兒=아이 아	儿童/弃儿/男儿
	饿	餓=주릴 아	饿死/饥饿/饿鬼
악	恶	惡=악할 악	恶党/恶魔/恶毒
	垩	堊=백토 악	
애	爱	愛=사랑 애	爱情/爱慕/殉爱
알	阏	閼=가로막을 알	
	轧	軋=삐걱거릴 알	轧轹
	谒	謁=아뢸 알	谒见/拜谒
압	压	壓=누를 압	抑压/镇压/压力

암	岩	巖＝바위 암	岩石/岩盘/岩山
앵	莺	鶯＝꾀꼬리 앵	鹦鹉
액	额	額＝이마 액	额面/金额/额数
약	药	藥＝약 약	药局/药草/药师
양	阳	陽＝볕 양	阳地/阳性/太阳
	杨	楊＝버들 양	
	扬	揚＝오를 양	扬水/扬手/引扬
	养	養＝기를 양	养蜂/养成/养父母
어	渔	漁＝고기 잡을 어	渔夫/渔父/渔业
	语	語＝말씀 어	语学/独语/国语
엄	严	嚴＝엄할 엄	严肃/严格/严父
업	业	業＝업 업	农业/矿业/职业
여	馀	餘＝남을 여	馀裕/馀暇/馀分
	与	與＝줄 여	授与/受与/赠与
	丽	麗＝고울 여	美丽/高丽/壮丽
	励	勵＝힘쓸 여	督励/奖励/勉励
	骊	驪＝가라말 려	
역	历	歷＝지날 역	履历/经历/历史
	译	譯＝토변할 역	翻译/意译/通译
	轹	轢＝삐걱거릴 역	轹死
	绎	繹＝풀어낼 역	演绎
	驿	驛＝역참 역	驿长/驿务/驿员
연	连	連＝잇 다을 연	连结/连续/连属
	恋	戀＝사모할 연	恋慕/恋情/恋爱
	软	軟＝연할 연	软骨/软弱/柔软
	联	聯＝잇달 연	关联/联合/联政